Betoverend

Nanda Roep

Betoverend

Pimento

www.pimentokinderboeken.nl
www.nandaroep.nl

Tekst © 2008 Nanda Roep
Illustraties © 2008 Loes Riphagen
Omslagontwerp Petra Gerritsen
Recepten Wendie de Roos
Opmaak binnenwerk ZetSpiegel, Best
Foto auteur Merlijn Doomernik

ISBN 978 90 499 2318 1
NUR 282

Pimento is een imprint van FMB Uitgevers,
onderdeel van Foreign Media Group

Inhoud

Else's geheim*

4 zure Elstar appels
2 pakjes slagroom
2 pakjes roomkaas of
mascarpone
2 zakjes vanillesuiker

6 eetlepels gewone suiker
1 pak lange vingers
potje kaneelpoeder
een beker appelsap
1/2 liter vanillevla

(*Werkbeschrijving achterin)

Tom probeert te doen alsof hij niet zenuwachtig is. Kan hij het helpen dat hij het spannend vindt om nieuwe buren te krijgen?

'Waar blijft ze nou?' vraagt hij aan zijn moeder. Hoe langer het duurt, hoe meer zijn stem overslaat. Al sinds vanmorgen zit hij voor het raam. Hij is speciaal vroeg opgestaan. Wat laat ze lang op zich wachten!

'Wat denk je Tommie, dat je een prinses als buurvrouw krijgt?' Daar zal je het hebben: Sofie gaat achter hem staan met haar armen over elkaar. De pesterige houding die alleen grote zussen hebben. Een gezicht alsof ze alles beter weet. Helemaal als Zoë erbij is.

Sofie en Zoë zijn al jaren hartsvriendinnen (Soof en Zoo noemen ze zich – echt erg). Maar sinds ze naar de middelbare school gaan, zijn ze pas echt een ramp. Arme Tom. Zit 'nog maar' in groep zeven en moet vaak alles op alles zetten om iets tegen die meiden te beginnen.

'Hé, Zoo, mijn broertje denkt dat er een prinses komt.' Sofie knikt in de richting van het buurhuis.

Zoë lacht. 'Ja, met een kamer vol geheime schatten zeker.'

Tom draait met zijn ogen. Dat denkt hij heus niet. Maar toch: vorige week droomde hij dat de buurvrouw er al was. Het huis was fantastisch, overal stonden potten vol snoep – drop, lolly's, kauwgomballen… 'Ga lekker zitten,' zei ze. 'Eet zoveel je wilt.' Ze rook naar verse bramen. Toen hij zag dat de tafelpoten van zuurstokken waren, zei de buurvrouw lachend dat hij eraan mocht likken. De boekenkast was van peperkoek en hij at tot hij niet meer kon. Het maakte niet uit, zei ze, want haar spullen van snoepgoed konden nooit opgaan. 'Je mag altijd langskomen,' glimlachte ze.

Ongeduldig schuift hij over de bank. Wanneer komt ze nou? Misschien heeft ze leuke kinderen met wie hij kan spelen. Dat zou fantastisch zijn; een vriend die het samen met hem tegen die rare meiden kon opnemen.

'Kom Zoo, we pakken een koek.'

Tom glimlacht en denkt: prima, pakken jullie maar een koek. Zelf blijft hij zitten voor het raam.

Afgelopen vrijdag werden haar spullen gebracht, maar de verhuizers vertelden dat de buurvrouw zelf pas vandaag zou komen. Op een zondag, is dat geen gekke dag om te verhuizen?

'Ahh!' klinkt het ineens.

Tom grinnikt zachtjes.

'Een SPIN!' gilt Zoë.

'Wel tien!'

Tom hoort het koekblik op de grond kletteren. Zijn schouders bewegen van het ingehouden lachen. Dan hoort hij de scherpe stem van zijn zus: 'Tom.'

'Ja, Soof?' Zijn gezicht houdt hij in de plooi terwijl hij zich omdraait. Het kost hem veel moeite. Hij ziet Sofie staan, pissig, met haar handen in haar zij. Zoë is van schrik op het aanrecht gesprongen, haar blik is nog steeds verwilderd.

'Dat heb jij gedaan.' Ze wijst naar de grond als een boze schooljuf. Naar de berg gebroken koekjes. En de levenloze spinnen die ertussen liggen. Plastic spinnen, haha, ze zag het niet eens. Tom wrijft met zijn hand langs zijn wangen. Niet lachen, niet lachen...

Dratten

Sofies stem slaat over: 'Die spinnen!'

Tom doet zijn best om ongeïnteresseerd te kijken. 'Ik weet niks van die spinnen-brrrf.' Een kleine lach ontsnapt hem toch.

'Mam!' gilt Sofie meteen.

'Tom,' zegt hun moeder. Maar je kunt zien dat ze niet echt boos is. Ze heet Else en zo mogen ze haar ook noemen sinds de scheiding. Tom en Sofie wisselen 'mama' en 'Else' af, dat is wel zo gemakkelijk. Ze veegt haar handen schoon aan haar schort en schudt haar hoofd. 'Laat die meiden toch,' knikt ze.

Ook Else is vroeg opgestaan. Niet om de nieuwe buren te zien, maar om taarten te bakken. Meteen na de verhuizing heeft ze mensen uit de buurt gevraagd of ze het goed vonden als ze een wijkfeest zou organiseren. Ze wil graag dat iedereen elkaar leert kennen. Ze zegt dat de buurt heus wel leuk wordt als iedereen het gezellig maakt met elkaar. Ze zegt dat het niet om het soort huizen gaat, maar om het soort mensen. Tom snapt wel dat je je best wilt doen als pasgescheiden moeder, maar dan hoef je toch niet meteen dertig taarten te gaan bakken?

Zelf zijn ze ook pasgeleden naar deze straat verhuisd, een paar maanden terug. Op school roepen sommigen dat het een armenwijk is voor probleemmensen. Maar daar probeert Tom zich niks van aan te trekken. Eén pestkop uit de klas, Malik, probeert hem de hele tijd uit te lokken. Dan roept hij dat zijn moeder zich overdreven opmaakt sinds de scheiding – tss, laat Else dat lekker zelf weten! Maar het ergste is nog dat Malik zegt dat ze niet weet hoe je taarten bakt. Terwijl ze nog wel een extra grote had gemaakt om uit te delen toen hij jarig was.

De smaak van mama's taart is... betoverend. Niemand op de wereld kan taarten bakken zoals zij. Echt, je hoeft maar één kruimel te eten en je bent verkocht. Het water loopt hem in de mond als hij er alleen maar aan denkt.

Het deeg is zoet als boterkoek en de appels zijn zacht als pudding. Toms moeder strooit er speciale krenten door, die lijken te ploppen in je mond. De verrukkelijke smaak tintelt lang na op je tong. Ze raspt kaneel- en vanillestokjes, het lijkt alsof een fee met haar toverstok de taart heeft aangeraakt.

Je gelooft het niet, maar het is echt zo: als mensen Else's appeltaart proeven, beginnen ze te juichen. Niet meteen, natuurlijk. Eerst zijn ze doodnormaal aan het kauwen – maar stoppen daar plotseling mee. Hun ogen worden groot, de heerlijke smaak dringt eindelijk tot hen door. Een stiekem lachje komt om hun mond en dan... maken ze een koprol. Echt waar. Of een radslag, of ze gaan hangen aan een rekstok. Mensen die

Else's appeltaart eten, eindigen altijd met een kreet van vreugde. (Behalve dus die stomme Malik.)

Voor Tom en Sofie is het moeilijk om geen stuk uit de oven te stelen, maar sinds hun vader weg is, doen ze dubbel hun best om goed te luisteren. Om mama niet van streek te maken.

'Dit zet ik je nog betaald,' moppert Soof. Chagrijnig wappert ze met de gebroken koekjes. De stukken die niet stoffig zijn, doet ze terug in het blik.

'Het was wel een goeie,' grinnikt Zoo.

Ze krijgt een boze blik van Sofie. 'Echt niet!'

'Nee, niet echt natuurlijk.' Zoë glimlacht naar Tom, maar die kijkt gauw naar buiten. Die meiden moeten niet denken dat hij ze interessant genoeg vindt om op ze te letten.

De buurvrouw is niet de enige op wie Tom wacht. Hij heeft gehoord dat binnenkort het huis aan de overkant ook nieuwe bewoners krijgt. Twee in één week. Zo erg kan deze buurt dus heus niet zijn.

'Als ze mijn taart hebben gegeten, voelen ze

zich direct thuis,' hoopt Else. Ze ploft naast Tom op de bank. Ze heeft hem mee laten denken over het feest, en Sofie trouwens ook. Toen vond ze het goed dat de kinderen een thema kozen. Nu wordt het dus een griezelfeest en Tom weet al hoe hij wil gaan: als skelet. Zijn zus kon wel als heks komen, zei hij nog. Maar toen hij eraan toevoegde dat ze zich daarvoor niet eens hoefde te verkleden, was het huis alweer te klein...

Else legt haar arm om Tom heen. 'Ik heb leuk én vervelend nieuws voor je.'

'Wat dan?'

Ze geeft een por in zijn zij. 'Ik begin met het vervelende nieuws,' zegt ze. 'Je hebt de buurvrouw gemist.'

'Wát?!' gilt hij uit. Op de achtergrond hoort hij twee tienermeiden in de lach schieten.

Zijn moeder doet meelevend, maar aan de twinkels in haar ogen ziet hij best dat ze het eigenlijk grappig vindt. Dat hij voor niks uren voor het raam heeft gehangen.

'Ze is vast door de achterdeur gekomen. Ik zag haar net staan.'

'En wat is het goede nieuws?' vraagt Tom dan maar.

'Je mag direct naar haar toe.' Else staat op en loopt naar de keuken. Ze komt terug met een plastic bakje. 'Hierin zit een stukje appeltaart. Wil jij het gaan brengen? Zeg maar dat ze welkom is in de wijk.'

Tom springt van de bank en pakt de taart aan. 'Ben zo terug!' roept hij als hij de deur achter zich dichtslaat.

Hij springt over de heg naar het stoepje van de buurvrouw. De taart houdt hij stevig vast. Als hij de bel indrukt, schrikt hij van het geluid: 'Aarghh!' hoort hij. Valt de buurvrouw van de trap? Wordt er iemand vermoord? Wat gebeurt er?!

Een chagrijnige stem schreeuwt: 'Ik kom!'

De deur zwiept open.

'Wat moet dat?' gilt ze in zijn gezicht.

Tom staat paf...

Zijn stem doet het niet meer, zijn ogen knipperen niet meer, zijn keel wil niet slikken en zijn be-

nen worden slap. Voor hem staat... een wezen, een figuur.

Haar zwarte haren zijn dik als touwen. Zo stug en dik als de touwen waar ze met gym in moeten klimmen. In geen jaren heeft ze er een kam doorheen gehaald, anders kon ze onmogelijk klitten krijgen in zulke touwen. Vliegjes zwermen om haar hoofd. Torren kruipen door haar haren en zwarte spinnetjes maken er een web.

Hij staart met opengesperde ogen. Hij wil iets zeggen, maar het lukt hem niet.

Groen snot druipt uit haar neus. Die neus is dik en krom als een banaan. Boven op het kromste puntje zitten tientallen wratten en gele puisten.

Ziet hij het goed? Hij weet niet of hij zijn ogen moet geloven. Dit kan niet waar zijn...

Uit de wratten groeien zwarte haren. Dik als okselhaar, stug als een tapijt en zwart als kolen.

'Ik zeg: wat moet dat!' gilt de vrouw opnieuw.

Zijn spieren trekken samen. 'Ik euh...' stamelt hij. En duwt de taart in haar armen. 'Voor u.'

'Táárt!' schreeuwt de vrouw. Haar stem klinkt

als nagels die over het schoolbord krassen. De rillingen lopen over zijn rug. Zijn trommelvliezen doen zeer. 'Grúwelijk!'

Gulzig duwt ze het heerlijke stuk taart naar binnen. 'Gets, wat smerig!' gilt ze. Terwijl kruimels en slijm tegen zijn wangen spatten.

Ze kijkt hem aan met diepzwarte ogen. Een onheilspellende grijns komt om haar mond. Het snot uit haar neus druipt nu bijna van haar kin. Luid als een wekker haalt ze op. De sliert snot kronkelt zo haar neus weer in. Tom kokhalst, maar probeert er niets van te laten merken. Hoe langer ze hem aankijkt, hoe harder zijn knieën trillen.

Haar vette arm gaat langzaam als de takel van een kraanwagen naar achteren. Ze fluistert: 'Dit is walgelijk. Kom nooit meer langs.'

Bloed

Uit Toms neus stroomt bloed. Zijn gezicht is geschaafd. Hij krabbelt overeind en wankelt naar
binnen. De aderen in zijn onderlip kloppen. Als
hij eraan voelt, zijn zijn vingers rood.

Else slaakt een kreet als ze hem ziet binnenkomen. 'Wat is er gebeurd?' Ze houdt een washand
onder de kraan, doet er een ijsblokje in en dept
zijn gezicht. 'Pijn?' vraagt ze overbodig. 'Wat is
er gebeurd?'

'Ik belde aan en zij deed open.' Toms stem is
onvast van schrik. Hij praat haastig en bibberig,
zoals mensen doen als ze net een ongeluk hebben

gezien. 'Ze was lelijk, mam, zo vreselijk lelijk.'

De huid op zijn gezicht brandt. Haar klap had zoveel kracht, dat ze hem over de heg heeft geslagen. 'Ik raakte in paniek. Kon niets meer. Ik duwde de taart in haar handen.'

'En toen?' Else aait door zijn haren.

Hij zucht en wrijft over zijn voorhoofd. 'Haar stem klonk afschuwelijk. Hoog, en schel... De rillingen liepen over mijn rug.' Hij haalt diep adem. 'Toen sloeg ze me. Tegen mijn kaak. Keihard. Ik ben bewusteloos geslagen. Net, voor de deur, kwam ik pas weer bij.'

'Joehoe, Tommie, hoe was het bij de prinses?' De meiden komen luidruchtig van de trap.

Hij kijkt Soof en Zoo aan. Precies lang genoeg, zodat ze kunnen schrikken van zijn blauwe oog. Dan zegt hij: 'Ze leek wel een beetje op jou.'

Sofie reageert er niet op. Ze gaat naast hem zitten. Zoë legt onhandig een hand op zijn schouder, maar daar wordt Tom alleen maar ongemakkelijk van.

'Heb je haar zo boos gemaakt?' vraagt Zoë.

Tom draait met zijn ogen. 'Natuurlijk niet.'

Sofie knikt tegen haar vriendin: 'Meestal duurt het wat langer voordat mensen begrijpen hoe irritant hij eigenlijk is.' Maar toch aait ook zij even liefdevol door de haren van haar kleine broertje.

'Ze was niet eens boos,' zegt Tom dan.

'Huh?'

Hij is verbaasd over zijn eigen woorden. 'Nee, volgens mij niet. Want ze lachte wel gewoon naar me... Ze keek alsof ze vriendelijk was, maar ze praatte alsof ze woest was.'

In gedachten loopt hij de kennismaking na. De taart vrat ze op alsof ze ervan genoot. Ja toch? Ja, dat deed ze. Als een varken smulde ze ervan. Maar ze riep dat het smerig was.

'Wat een raar mens,' zegt mama geërgerd. Ze pakt haar jas. 'Ik ga erheen.' Boos rammelt ze met haar sleutelbos. 'Ik laat mijn zoon niet zomaar slaan.' Op haar wangen komt een blos van boosheid.

'Je moet er echt niet heen, mam,' zegt Tom. Hij moet er niet aan denken dat zij straks met een bloedneus thuiskomt.

'Jawel, ik moet.' Het laatste knoopje van haar jas zit dicht.

Ook Sofie en Zoë betwijfelen of het wel zo'n goed idee is. 'Straks zit jij hier ook met een bloedneus,' zegt Sofie.

'Erger,' vindt Tom. 'Jou slaat ze misschien het ziekenhuis wel in.'

'Nee, joh,' zegt Else, 'natuurlijk niet.'

'Niet gaan, mama!' Sofie begint haar moeder stevig te omhelzen.

Tom knikt. 'Wie moet er dan voor ons zorgen?'

'Nou…' Else wijst zomaar wat in de ruimte. 'Zij.'

'Wij?' vragen Soof en Zoo. Ze kijken elkaar aan als kinderen die voor het eerst zonder oppas mogen thuisblijven.

'Dat kunnen ze helemaal niet!' roept Tom. (Auw, zijn lip scheurt weer open als hij zo hard praat.)

'Pft, tss, echt wel.' Sofie draait met haar ogen en Zoë knikt dat ze het ermee eens is.

Kijk, misschien kunnen ze wel naar de super- markt. En ook nog wel eten in de magnetron stoppen. Maar Tom moet er natuurlijk niet aan denken dat hij als een kind wordt verzorgd door die twee meiden. Eerlijk gezegd heeft hij niet meer zoveel verzorging nodig, maar dat neemt niet weg dat het toch heerlijk zal zijn als mama hem nog een beetje vertroetelt.

Else knoopt haar jas los en ijsbeert door de kamer.

'Ze is gevaarlijk,' zegt Tom. 'Als je haar per se wilt opzoeken, vraag dan of meester Martijn meegaat. Ik wil liever niet dat je alleen gaat.'

Dan geeft Else zich gewonnen. Ze zucht. 'Oké, morgen breng ik je naar school, dan vraag ik of hij mee wil.'

Liefdesdrank *

een mooi flesje met dop
2 takjes verse munt
6 blaadjes basilicum
4 blaadjes van een rode roos
een beetje honing

(*Werkbeschrijving achterin)

Zie je wel. Het plein is al leeg. Iedereen zit in de klas. Tom trekt geërgerd zijn moeder door de gangen van Het Palet. Nu moet hij met haar de klas in. Met zijn moeder. In groep zeven.

'Ik zei toch dat we te laat zouden komen,' sist hij.

Steeds als hij wilde vertrekken, ging Else weer naar boven om 'toch maar' een ander truitje aan te trekken. En nu zijn ze dus te laat. Precies zoals Tom al dacht.

Klop, klop, doet zijn moeder op de deur. 'Blijf jij nog maar even op de gang,' zegt ze. Tom leunt mokkend tegen de muur.

'Binnen,' hoort hij de meester zeggen. Else opent de deur. 'Dag Else!' Een paar kinderen beginnen te giechelen. Op de gang draait Tom met zijn ogen.

Ze had de mees met het grootste gemak kunnen aanspreken vóór de les begon. Als Else wil, mag ze heus verliefd op hem zijn. Hij vindt meester Martijn heus aardig. Maar dat kan toch ook buiten schooltijd?

'Tom is wat laat omdat ik mee wilde komen,' zegt ze zacht.

'Prima, geen probleem.' Opnieuw dat gegniffel uit de klas...

'Kom maar, Tom,' fluister-roept Else dan. 'Het is geen probleem.'

Hij wandelt de klas in. Iedereen schrikt van de striemen in zijn gezicht. Behalve Malik natuurlijk, die roept iets als: 'Wat zie jij er goed uit vandaag!'

Meester Martijn slaat zijn handen voor zijn mond en veert op. 'Heb je pijn?' Hij knielt en legt zijn arm om Toms schouder.

Tom schudt zijn hoofd. 'Ik heb gisteren onze nieuwe buurvrouw gezien,' zegt hij. Als hij praat, begint de scheur in zijn onderlip te trekken. 'Het is een... vreemde vrouw.'

'Vanavond wil ik haar hierop aanspreken,' zegt Else tegen meester Martijn.

'Maar dat wil ik liever niet,' zegt Tom.

Meester Martijn fronst. 'Moet je kijken hoe ze je zoon heeft toegetakeld. Ik ga wel met je mee. Om acht uur bij jou?'

Poef – Else's wangen worden rood (Tom zucht). 'Dat is goed, Martijn. Tot vanavond.' Ze zwaait nog eens lief als ze bij de deur is, en Tom en zijn meester zwaaien allebei terug. Onder luid gelach van groep 7b sluit Else de deur.

'Dag,' fluistert de meester als de deur allang dicht is. De kinderen stoten elkaar lacherig aan.

Klittenkop

De deurbel klinkt.

En nog eens...

Tom holt naar beneden. 'Jullie kunnen toch wel opendoen,' zegt hij pissig tegen Soof en Zoo. Die liggen languit op de bank te staren naar hun favo soap.

'Maar dan missen we dit,' zeggen ze zonder op te kijken.

'Dag Tom,' knikt meester Martijn nerveus. In zijn hand houdt hij een bosje bloemen voor Else.

Zo lekker als vanavond ruikt hij nooit in de klas. Hij heeft zich duidelijk opgetut voordat hij

kwam en dat is maar goed ook. Else verdient een man die moeite voor haar doet.

Toms moeder ziet er prachtig uit. Haar rok zwiert damesachtig om haar lichaam als ze van de trap komt. Sinds papa vertrok, heeft ze zich

niet meer zo opgedoft. Ze heeft make-up opge-
daan, oogschaduw en lippenstift, en een heerlijk
parfum.

'Wat woon je leuk,' zegt meester Martijn verlegen.

'Het is niet veel.' Else slaat haar ogen neer.

Meester Martijn geeft haar de bloemen. 'Het
zijn niet de muren die een huis mooi maken,
maar de bewoners.'

Tom schudt glimlachend zijn hoofd. Wat een
slijmbal. Ze moeten wel een beetje voorbij de
slijmfase zien te komen, anders wordt het niets
met die liefde van hen.

De telefoon. Else lijkt opgelucht dat ze iets kan
doen en neemt op. 'Hallo? Ja, die is er. Tom,
voor jou.'

Wie kan dat nu zijn?

Hij hoort: 'Hoe gaat het bij jullie?' Een hijge-
rige lach. 'Hebben ze al gekust?'

'Heel leuk, Malik.' Hij laat een geërgerde
zucht horen. 'Bedankt.' En hangt op.

'Was dat Malik, wat wilde hij?' Meester Martijn kijkt hem vragend aan.

'Niets bijzonders,' liegt hij. 'Hij vroeg hoe het bezoek aan de buurvrouw was gegaan.'

'Natuurlijk, ons bezoek,' zegt hij. 'Zullen we direct gaan?'

Else knikt en pakt haar jas.

'Doe jij ook je jas aan, Tom?' vraagt ze.

O? Hij had niet verwacht dat hij mee mocht! Maar hij is er wél blij mee! 'Ik ben al klaar!' roept hij terwijl hij één arm in zijn jas wurmt.

Maar nu ze voor de deur van de buurvrouw staan, verschuilt hij zich voor de zekerheid achter Martijns brede rug. Wat als ze met een mes naar buiten stormt?

Misschien heeft ze een grote hond, die hen aan stukken scheurt...

Of schiet ze hen met een geweer overhoop...

Vanuit het slaapkamerraam...

'Aarghh!' doet de bel. Omdat het buiten donker is, klinkt het nog enger dan gistermiddag. Zijn moeder rilt en trekt haar schouders op. Meester Martijn geeft geen kik.

Tom zet zich schrap, hij weet wat hem te

wachten staat. Maar Martijn en Else niet; zij deinzen achteruit als de deur openzwaait.

Daar staat ze. Met haar zwarte haar in de klit. Vliegjes om haar hoofd. Het snot uit haar neus... Ze is een kop groter dan mees, die haar verlamd van schrik aanstaart. Hij hapt naar lucht. Zijn ogen zijn opengesperd. Eén van de puisten op haar neus is gesprongen. De pus glimt in het licht van de maneschijn.

'Wat moeten jullie?' gilt de vrouw.

De haartjes op Else's arm staan overeind. Meester Martijn zoekt naar woorden. Niemand weet iets te zeggen.

Aan haar vingers groeien scherpe nagels met pikzwarte randen. Ze ruikt. Nee, ze stinkt. De geur die om de vrouw hangt... Een zwerver op een snikhete dag. Toiletten op een festival. Hondenpies in een vieze steeg. Opnieuw draait zijn maag om en staat Tom te kokhalzen.

'Wij komen kennismaken,' durft meester Martijn dan eindelijk te zeggen. 'Ik ben Martijn en zij is Else.' Hij vergeet Tom te noemen, maar dat is even helemaal niet erg.

Else knikt beleefd. Tom begrijpt niet hoe het die twee lukt om hun neus open te houden. Zelf snuift hij onopvallend de stank uit zijn neus.

'Ik ben Klittenkop,' schalt het mens. Ze haalt uit om Martijn een vette poeier in zijn gezicht te geven. Maar ze mist omdat de meester gauw een stapje opzij zet.

In haar mond staan maar een paar tanden. Eigenlijk zijn het zwarte stompjes. Ze poetst ze vast nooit. 'Kom erin!' krijst ze.

Verschrikt kijkt Else naar Martijn. Geschrokken kijkt Tom óók naar Martijn. Hij hoopt maar dat zijn meester niet op de uitnodiging van de buurvrouw – hoe heet ze, Klittenkop?! – ingaat. Maar tot zijn grote verbazing hoort hij hem zeggen: 'Graag, mevrouw.'

Rocheldrap

In het huis van Klittenkop kijkt Tom zijn ogen uit. De woonkamer is donker. De gordijnen zijn dicht, er branden een paar kaarsen. In een kast ziet hij kooien met vleermuizen. Hij ziet kanaries en papegaaien. De schaduwen op de muur maken hem bang. Ook Else is angstig, ze houdt Martijn stevig vast.

Er staat een versleten bank waarvan de veren door de bekleding steken. Het riet van de stoelen hangt in rafels langs de poten. Vliegen en muggen zoemen door het huis. Kakkerlakken kruipen over de vloer. Muizen schieten over het tapijt.

In stoffige vazen staan verdorde bloemen. De kast bezwijkt zowat onder de dikke, stoffige boeken. De keuken is smerig en het aanrecht kleeft. Op het vuur staat een immense pan, waarin een groene brij borrelt en pruttelt.

'Willen jullie een kopje rocheldrap?' vraagt Klittenkop.

'Nee, dank u,' zegt Else zuinig.

Ze kijkt Martijn vragend aan: rocheldrap? Martijn haalt zijn schouders op, hij weet het ook niet.

'Is het lekker?' vraagt hij.

'Lékker?' gilt ze. Opnieuw doen Toms trommelvliezen zeer. 'Het is goor! Niet te zuipen! Ik zou het mijn ergste vijand nog niet toewensen!' Ze slaat het spul in één beweging achterover. 'Ahh,' zucht ze. 'Wat is dat goor.'

Tom kijkt zijn moeder met een schuine blik aan. Meester Martijn heeft twinkels in zijn ogen gekregen. Zijn mond krult in een brede lach en zijn neus glimt van plezier. Huh?

Plotseling zegt hij: 'Wat bent u lelijk.'

Tom schrikt zich rot. Else kijkt hem boos aan. Waar is hij mee bezig?

'Vindt u dat?' vraagt de buuv ineens lief. 'Waardeloos. U mag er zelf ook niet wezen.'

'Dank u,' zegt Martijn.

Fel draait Klittenkop haar hoofd, ze kijkt Martijn woest aan: 'Wát zeg je?'

'Oeps, sorry,' schrikt hij. 'Ik bedoel natuurlijk: belachelijk.'

'Precies.' Ze is weer rustig.

Tom begrijpt er niets van. Aan het gezicht van zijn moeder te zien, begrijpt die er ook niets van. Ze kijkt onderzoekend naar Martijn, die straalt van plezier terwijl hij iedere beweging van Klittenkop volgt.

'Ahum,' kucht Else dan maar. 'Zullen we weer eens gaan?'

Klittenkop knikt. 'Blij als jullie zijn opgerot.'

Else geeft haar een geërgerde blik en staat verwaand op. Martijn en Tom volgen.

Eenmaal buiten, schiet zijn moeder uit haar slof.

'Hoorde je dat? Wat een onbeleefde vrouw. Daar wil ik niet naast wonen. Ze moet weg!'

'Het is fantastisch,' fluistert Martijn.

'Fantástisch? Hoe kun je dat zeggen? Mijn nieuwe buurvrouw is een onbeschoft stuk vreten. Nog agressief ook. Hoe kan ik ooit prettig naast haar wonen?'

'Niet boos worden, lieve Else. Klittenkop bedoelt alles juist vriendelijk,' zegt Martijn opgewonden. 'Het is zo spannend! Ik heb er in boeken al veel over gelezen, en nu heb ik eindelijk de kans het van dichtbij mee te maken. Naast jou woont niet gewoon een vrouw, maar een heks.'

'Een wát?!' roept Else.

'Een wát?!' doet Tom.

'Precies. Een heks!' Martijn lacht. Hij huppelt over de stoep en zingt: 'Een heks, heks, tralala, heks.'

Snottebellen *

1 rijpe avocado	1 eetlepel citroensap
1 bosui of rode ui	1 teentje knoflook
1 tomaat	1 theelepel sambal

(*Werkbeschrijving achterin)

De volgende ochtend ziet meester Martijn er verward uit. Het lijkt alsof hij net uit bed is gestapt. Zijn overhemd hangt uit zijn broek en is scheef dichtgeknoopt. Zijn haren pieken alle kanten op. Tom ziet dat hij zelfs twee verschillende sokken draagt, een zwarte en een witte.

Toch is hij opgewekt als nooit tevoren. Hij

schudt alle kinderen de hand en klopt ze op de schouders. Omdat de pretlichtjes in zijn ogen aanstekelijk werken, lacht iedereen naar hem.

'Tom, hoe gaat het?' vraagt Martijn als iedereen achter zijn tafeltje zit.

'Goed, mees.'

'Geen pijn meer?'

'Helemaal niet.'

Met een babystemmetje doet Malik: 'Heeft het papkindje geen pijn?' Tom reageert er niet op en meester Martijn hoort het niet eens.

'Prima,' zegt mees. 'Héél prima.' Hij maakt een sprongetje en komt met een halve draai weer op de grond. 'Klas, ik wil iets vertellen. Zoals jullie weten ben ik gisteravond naar Toms buurvrouw gegaan.'

'Ja, met Else,' roept Malik. 'Kunnen we jullie al feliciteren?'

'Ik was bij de vrouw die Tom zo heeft toegetakeld. Klittenkop heet ze. Waarom vertel ik over haar? We wonen allemaal in hetzelfde dorp en jullie zullen haar zeker tegenkomen. Daarom moeten jullie weten hoe ze is. Anders komen jullie straks allemaal bont en blauw op school. Of erger.'

Iedereen is vol aandacht. Tom ook. Het duizelt allemaal nog in zijn hoofd. Hij is benieuwd waarom de meester zo enthousiast is.

'Naast Tom woont geen gewone vrouw. Zij is niet van hier. Zij leeft anders dan wij gewend zijn. Als je beleefd tegen haar bent, wordt ze woest. Zij vindt mooie dingen namelijk lelijk en aardige dingen afschuwelijk. Dat geldt ook andersom. Dus als je op haar scheldt, is ze ongevaarlijk.' Meester Martijn haalt zijn schouders op. 'Nou ja... als ze enthousiast wordt, zal ze tóch proberen je te slaan. Dat is wat Tom heeft meegemaakt. Ze wilde hem vriendelijk begroeten met een kaakslag. Dus blijf altijd op je hoede.'

'Wat een raar verhaal,' zegt Malik. Je kunt zien dat hij stiekem onder de indruk is.

'Waar komt zij dan vandaan, mees?' vraagt Tom.

Opnieuw lichten de twinkels in de ogen van meester Martijn op. Hij staart even uit het raam en zucht diep.

Een paar tellen wacht hij, maar dan vraagt Tom opnieuw: 'Mees? Waar komt ze vandaan?'

Martijn schrikt op uit zijn gedachten. Hij klapt in zijn handen. Hij lijkt met moeite een gil te onderdrukken. 'Sorry, Tom. Sorry, sorry. Het is ook zo fantastisch. Zo mega. Geweldig. Supervet! Klittenkop komt namelijk uit... Fantasieland.'

'Fantasieland?' roept de klas in koor. 'Dat bestaat niet.'

'En of het bestaat,' zingt de meester. Hij straalt alsof hij de zon is. 'Het gebeurt misschien maar eens in de honderd jaar. Maar soms komen figuren uit Fantasieland in onze gewone wereld terecht. Meestal heeft zo'n persoon straf, als ze bijvoorbeeld een koningin in een pad hebben getoverd. En soms is er simpelweg geen plaats meer in Fantasieland. Ik heb er veel over gelezen en alle stukjes uit de krant bewaard. Fantasiefiguren hebben altijd mijn interesse gehad. Eigenlijk,' zegt hij trots, 'zou je mij best een deskundige mogen noemen. Ik ben de hele nacht opgebleven om alle artikelen en boeken opnieuw te bestuderen. Er is plaatsgebrek in Fantasieland, omdat er zoveel nieuwe figuren zijn bijgekomen: Spiderman, Transformers, Totally Spies, Batman... Iedereen wil een eigen huis, maar de ruimte in Fantasieland is beperkt. Als ik het goed heb begrepen, zijn er enorme rellen geweest om te beslissen wie wel en niet in Fantasieland mocht blijven. Kennelijk is Klittenkop weggestemd. Te ouderwets, misschien. Wij hebben de unieke kans om een heuse, echte heks van dichtbij mee te maken. Is het niet geweldig?'

'Ik weet het niet,' zegt Malik. 'Wat, als ze ons allemaal in kikkers verandert?'

'Heksen betoveren niet zomaar iedereen. Toveren kost veel kracht,' zegt mees. 'Volgens mij is ze tevreden met haar rijtjeshuis naast Tom. Toveren doet ze alleen als ze ontzettend boos is of gekwetst, dacht ik.'

'Weet u dat niet zeker?' vraagt Tom.

'Bij heksen weet je het nooit helemaal zeker. Maar jullie kunnen gerust slapen. Zolang je op je tellen past, hoef je niet bang te zijn.'

'Dat is ook wat...' zegt Malik.

'Ik hoop maar dat de andere nieuwe buren normaal zijn,' zegt Tom. 'Wanneer komen die eigenlijk?'

Gluren

Sofie en Zoë zitten op het aanrecht, hun benen bungelen omlaag. Else zit aan de eettafel appels in stukken te snijden voor de zoveelste taart. Tom leunt tegen de muur.

'Een echte heks...' verzucht Sofie.

'Als ik jou was, zou ik nooit meer slapen,' zegt Zoë.

'Stil eens,' fluistert Tom. 'Ik hoor iets.' Hij drukt zijn oor tegen de muur. Hij pakt zijn lege colaglas en zet die tegen het behang. Eén oor houdt hij ertegen. Precies zoals in de film.

'Wat zegt ze?' vraag Zoo.

Het ruist in zijn oor. Maar in die ruis kan hij klanken onderscheiden. Ja, hij kan echt iets horen.

'Volgens mij praat ze met iemand... "Over-overoma," zegt ze. Dat het toch een smerig plekje is... Niets vergeleken bij het bouwvallige kasteel... maar toch ook walgelijk. "In ieder geval erger dan die kist van jou, waar je al honderd jaar in ligt te rotten," zegt ze.'

'Brr.' Sofie rilt met haar schouders. 'Ze praat met een dode.'

'Sst,' sissen Tom en Zoë tegelijk.

'Wat zegt ze verder?' vraagt Else.

Tom drukt zijn oor steviger tegen het glas, maar kan niets meer verstaan. 'Ze zegt... dat ze de nieuwe buren ook heel leuk vindt. Vooral de dochter. En dan die vriendin. Misschien kan ze hen in ratten veranderen.'

'Zegt ze dat?' Geschrokken springt Sofie van het aanrecht.

'Ze zegt dat jullie misschien ook twee heksen zijn. Zo zien jullie er wel uit. Misschien moet zij voor jullie uitkijken. Ja. Ze is bang voor jullie.'

Inmiddels hebben de meiden hun armen over elkaar geslagen. Sofie staat geërgerd te tappen met haar schoen.

'Omdat jullie zo *mooi* zijn.' Tom grijnst. Hij kan het niet laten...

Dingdong! doet hun bel.

'Wacht maar jongetje, we pakken jou nog wel.'

'Niet naar de deur gaan,' roept hij. 'Zij is degene heeft aangebeld. Om een heksenkring met jullie te beginnen!'

'Martijn,' zegt Else blij. 'Wat een verrassing.' Ze wordt rood terwijl ze haastig door haar haren woelt. Tom en Sofie draaien met hun ogen, en glimlachen toch.

'Ik maak snel koffie. Ga lekker zitten. Wil je suiker? Stukje appeltaart erbij?' Else huppelt zowat naar de keuken.

'Lekker.' Martijn haalt een verrekijker uit zijn zak. 'Mag ik voor het raam gaan zitten?'

'Natuurlijk,' antwoordt mama lief.

Martijn gaat zitten.

'Hoi mees,' zegt Tom.

'Dag jongen,' antwoordt hij afwezig.

In de keuken neuriet Else een vrolijk deuntje, terwijl ze een dampende taart uit de oven haalt en er een flink stuk afsnijdt. 'Het wijkfeest wordt ontzettend leuk,' zegt ze. 'De taarten schieten ook lekker op.'

'Hm,' antwoordt Martijn. Hij gluurt naar het huis van de buurvrouw. Op zijn schoot ligt een schrijfblok. Hij noteert hoe laat het is en dat de gordijnen van Klittenkop gesloten zijn.

Else zet haar verrukkelijke taart bij hem neer. Hij kijkt er niet eens naar.

Ze knikt vriendelijk: 'Wil je melk in de koffie?' Ze klinkt een beetje teleurgesteld. Ze probeert te doen alsof er niets aan de hand is, maar Tom weet wel beter. Het liefje van zijn moeder zit naar de buurvrouw te gluren.

'Twee klontjes,' zegt hij – en dat slaat inderdaad nergens op. Hij gluurt maar door die verrekijker. 'Straks moet ze naar buiten komen, hè jongens?'

Tom knikt, net als Soof en Zoo.

'Spannend, vinden jullie niet?' Weer knikken ze.

Tom kijkt zijn moeder begrijpend aan. Else schudt dat ze het niet erg vindt.

'Een echte heks,' fluistert Martijn. 'Waanzinnig.'

Kloterik

Een verhuiswagen rijdt de straat in.

'Komen de nieuwe buren nu al?' Tom staat nieuwsgierig op.

'Kennelijk,' zegt Else. Ook zij loopt naar het raam.

'Misschien komt daar eindelijk je prinses.' Sofie stoot hem met haar elleboog aan.

'Voorlopig breng ik niemand welkomsttaart!'

Ze lachen en Else slaat een arm om hem heen. Iedereen staat nu te kijken. Else, Tom, Sofie, Zoë en natuurlijk meester Martijn, die in zijn schrijf-blok driftig alle gebeurtenissen noteert.

'Is dat hem al, degene die uitstapt?' vraagt Else.

'Ik zie niets,' zegt Sofie.

'Kunt u het zien, mees?' vraagt Tom.

Martijn geeft geen antwoord. Maar hij slaakt een korte kreet. Dan zucht hij diep. Hij gluurt en gluurt. Met zijn vingers trommelt hij op de verrekijker. Zijn voeten wiebelen nerveus mee. 'Dit is niet te geloven,' verzucht hij. 'Wat een geluk...'

Eerlijk gezegd begrijpt Tom niet wat er zo gelukkig aan is. De man die uit de verhuiswagen stapt, ziet er nogal onheilspellend uit. Hij is mager, graatmager. Met opgetrokken schouders en een zwart vilten hoed op zijn hoofd. Klittenkop is lelijk, maar van deze man krijgt Tom pas echt de kriebels.

Als de nieuwe buur even in zijn richting kijkt,

verstart Tom. Zijn benen voelen als een water-
baan. Zijn hart slaat een slag over. Hij heeft rode
ogen. Rood als het bloed na Klittenkops klap.

Sofie moet hetzelfde hebben gezien. 'Mama,'
fluistert zij bibberend.

Else en mees zeggen niets. De ernst is van hun
gezicht te lezen.

De man pakt een stoel uit de verhuiswagen.
Zijn handen zijn zo dun dat je alle botten ziet bewegen. Maar niet alleen zijn handen; ook zijn
polsen, ellebogen en bovenarmen. Hij lijkt wel
een levend skelet.

Zijn vingers lijken wel twintig centimeter lang.
Er zitten vlijmscherpe nagels aan. Tovenaars-
nagels.

Martijn trekt zijn spieren samen, een rilling
gaat door zijn lijf.

'Wat zie je, mees?' vraagt Zoë. 'Weer een
heks?'

Hij schudt zijn hoofd. 'Beter... Echt beter...' Hij
grinnikt.

Else en Tom kijken elkaar vragend aan.

Alle spullen van de man staan op straat. De

verhuizers trekken de wagen dicht en scheuren met piepende banden de straat uit. Lijkt het maar zo, of schreeuwen ze: 'Sneller, gauw!'

Daar staat hij, tussen al zijn spullen. Een enorme koperen pan. Zes kooien met zwarte doeken erover. Koffers en honderden boeken.

'Moeten we hem helpen?' vraagt Zoë.

'Doe maar niet,' vindt Else. 'Even afwachten wat Martijn erover zegt.'

Martijn schrijft in zijn blok. Om de paar seconden grinnikt hij. 'Haha. Ha...'

Dan, alsof hij door een wesp is gestoken, springt hij op en roept: 'Fantastisch!' Hij grijpt Else bij haar middel en danst met haar de kamer door. Hij lacht en geeft haar een stevige zoen op haar wang.

'Het is een tovenaar. Een boze!' Hij pakt zijn schrijfblok en holt de deur uit. 'Ben zo terug!'

Else, Tom, Soof en Zoo kijken hem verbaasd na.

Ruzie

Het lijkt of Martijn urenlang bij de overbuur-
man is geweest, maar het heeft een kwartiertje
geduurd. Nu hij buiten komt, hinkt hij met zijn
been. Hij loopt als een kreupele. Toch heeft hij
een grijns op zijn gezicht. Hij steekt zijn duim
op.

Tom trekt een wenkbrauw op. Martijn wordt
toch hopelijk niet gek?

Bloed loopt in een dun stroompje over zijn kin.
Zijn oog is blauw geslagen, maar hij voelt er niet
aan. 'Een échte tovenaar...' zucht hij als hij in Else's armen valt. 'En hij heet Kloterik.'

In de keuken pakt Tom de verbanddoos. Hij knipt een grote pleister die op meesters been past. Else dept zijn lip met een koud washandje. Zoë haalt een glaasje water en Sofie vraagt: 'Tovenaars zijn toch gevaarlijk?'

'Ontzettend,' knikt Martijn.

'Waarom vind je dat grappig?' wil Else weten.

'Omdat ik een geweldig plan heb.' Meester Martijn lacht geen gewone lach, maar een toontje te hoog. Zijn ogen glinsteren niet gewoon, nee, hij kijkt met een fanatieke blik. Het lijkt alsof hij ieder moment kan exploderen.

Else is nog steeds verlegen als Martijn haar aankijkt. Nu hij gewond in haar armen ligt, bloost ze voortdurend. Ze giechelde toen hij haar een halfuurtje geleden een kus gaf... maar hij had het niet in de gaten. Hij praat alleen nog over Fantasieland, hij wil alleen maar naar de buurvrouw kijken. Voortaan zal hij vast ook de buurman in de gaten houden.

Else vraagt: 'Wat is dat voor een plan?'

Opeens klinkt er een enorme knal. Alsof een stuk graniet uit de lucht is gevallen. Een meteoriet op het dorp. Alsof een kanonskogel door het dak is geschoten.

We horen de stem. Die klinkt schril als de schreeuw van een zeemeeuw. Tom bedekt zijn oren, maar hoort toch luid en duidelijk: 'Idioot! Wie denk je dat je bent!'

'Ik geef een welkomstcadeau.' Kloterik klinkt angstig kalm.

'Dan ruim je het ook op!' krijst de heks. De dorre takken in haar tuin worden overspoeld door een gifgroen goedje.

'Nee, mevrouwtje,' zegt Kloterik, 'het is een cadeau. Het is nu van u.'

'Ik moet jouw kikkerdrap niet!' gilt Klittenkop. In het huis van Tom legt iedereen handen over zijn pijnlijke oren. Voorzichtig kijken ze door het raam.

'Toch is het van u.'

Ook de andere buren staan te gluren naar Klittenkop en Kloterik.

'Ze hebben al ruzie,' zegt Else bang. 'Wat nu?'

'Oei, oei,' grinnikt Martijn. Hij hinkt naar zijn schrijfblok en begint driftig te schrijven.

'Ik wil naar huis,' jammert Zoë.

'Dat kan nu niet,' sist Sofie. Ook zij ziet er bang uit. Iedereen kijkt angstig. Er is niemand die hen kan geruststellen, want niemand weet hoe een ruzie tussen een heks en een boze tovenaar zal aflopen.

'Straks zijn we allemaal kikkers,' snikt Zoë.

Sofie legt troostend een arm om haar heen. 'We kunnen nu niet weg,' fluistert ze. 'Zodra het kan, gaan we naar jouw huis. Oké?'

Ze wachten gespannen hoe Klittenkop zal reageren.

'Weet je wat dit is?' roept ze dan boos. 'Dit is de sléchtste kikkerdrap die ik ooit heb gezien. U bent een waardeloze tovenaar.'

Meester Martijn slaakt een kreet. 'Als iets erg is voor een tovenaar, is het als iemand zegt dat hij een sléchte tovenaar is.'

Kloterik is inderdaad pissig. 'U beweert dat ik geen kikkerdrap kan maken?'

'Precies,' zegt Klittenkop stellig. 'Ik denk dat u zelfs uw wortelkots verprutst.'

'Wat krijgen we nou...' Kloterik lijkt van zijn

stuk gebracht. Dan beweert hij op dreigende toon: 'Ik ben een betere tovenaar dan wie ook.'

'Pfoe,' smaalt de buuv. 'Ik heb anders nooit iemand ontmoet die beter is dan ik.'

'Dit zet ik u betaald, zowaar ik Kloterik heet!'

'O, ja? En ik verzeker u dat dat niet lukt, zowaar ik Klittenkop ben!' Met een ferme slag gooien ze hun raam dicht. De vloer trilt ervan.

'Nu kan je veilig naar huis,' zegt Else kordaat. Ze pakt de jas van Zoë en leidt haar gauw naar haar fiets.

'Tot morgen!' roep Sofie nog, maar ze krijgt geen antwoord – Zoë probeert zo snel mogelijk weg te komen.

Tom en zijn zus kijken elkaar veelbetekenend aan. Eerst de scheiding en nu dit...

Wortelkots *

1 pakje cottagecheese
2 wortels
1 theelepel citroensap
peper en zout

(*Werkbeschrijving achterin)

'Goedemorgen, allemaal!' Meester Martijn danst met de meisjes en klopt de jongens hardhandig op de schouder. 'Ik heb fantastisch nieuws.' Hij gooit zijn armen in de lucht: 'We hebben een tovenaar!' Hij doet alsof iedereen in juichen zal uitbarsten. Maar in de klas blijft het doodstil. 'Een tovenaar, jongens, is het niet geweldig?'

'Ik weet het niet,' zegt Mohammed, die achter in de klas zit.

'Hij ziet er eng uit, joh' knikt Tom. 'Zijn ogen zijn rood als bloed. Zijn nagels lijken wel kapmessen.'

De klas huivert.

'Tja, de tovenaar is gevaarlijk. Dat is inderdaad minder leuk,' zegt Martijn. 'Ik zal jullie het verschil uitleggen tussen een heks en een tovenaar. Klittenkop, onze heks, lijkt gevaarlijk, maar ze is het niet. Ze doet gemeen, maar zo bedoelt ze het niet. Maar Kloterik beseft goed wat het gevolg is van zijn daden. Hij wil graag mensen pesten en sarren. Voor hem moet je echt uitkijken. Ik begrijp dat er een wijkvereniging is opgericht, die zal overleggen met de burgemeester. Ze willen dat de tovenaar wordt teruggestuurd naar Fantasieland. Omdat hij gevaarlijk is. Wat de uitkomst is, moeten we afwachten. Het zal wel even duren – en dat vind ik helemaal niet erg! Ik ben namelijk bezig met een eigen onderzoek. Ik heb een geweldig plan...'

Trriiing! De schoolbel.

'Is de eerste pauze nu al?' schrikt hij. 'Ik heb

helemaal nog geen lesgegeven. Straks gaan we verder met rekenen.'

De klas knikt.

'Tom, blijf je nog even in de klas? Ik wil iets met je bespreken.'

'Tommie het papkind...' zingt Malik.

'Blijf jij ook maar Malik, ik kan iemand als jij ook goed gebruiken.'

Verbaasd kijken Tom en Malik elkaar aan. Ze blijven zitten terwijl de rest naar het plein gaat.

Meester Martijn spreekt zacht en beheerst. Hij wil een ingewikkeld plan uitleggen.

'Ik heb jullie hulp nodig,' fluistert hij.

'Waarvoor, mees?' vraagt Tom.

'Niet zo hard!' Hij kijkt om zich heen of niemand hen afluistert. 'Ik heb een geweldig idee... Klittenkop is een heks.'

Malik en Tom knikken.

'En Kloterik een tovenaar.'

Weer knikken ze.

'Wat dachten jullie ervan...' zijn ogen lichten op, '...als we hen zouden koppelen?'

'Kóppelen?' wil Tom roepen, maar Martijn legt een hand over zijn mond.

Hij begint sneller te praten. 'Het zou fantastisch zijn. Klittenkop is een vrouw en Kloterik een man. Dat moet dus lukken. In mijn schrijfblok schrijf ik precies op wat er gebeurt. Dan kan straks de hele wereld over mijn geweldige project lezen. Misschien word ik gepromoveerd tot Heuse Deskundige op het gebied van heksen en tovenaars. Jullie zijn mijn mede-onderzoekers. Op de radio en televisie mogen we vertellen over ons werk. We worden beroemd!'

'Ik weet het niet,' zegt Malik.

'Hoe wil je het doen?' vraagt Tom.

'Door een toverdrank te brouwen. Een liefdesdrank.' De meester doet alsof het de normaalste zaak van de wereld is. 'Heb je gezien hoeveel boeken ze hebben? Die staan vol recepten voor toverdranken. Er staat vast een liefdesdrank tussen.'

'Hoe komen we aan het recept?' vraagt Malik.

'Dat gaan we bij hem halen.' Martijn zakt achterover in zijn stoel. Hij ademt diep. Na een lange stilte grinnikt hij: 'Dat gaan we gewoon halen. En hij zal niets in de gaten hebben.'

Geschrokken roept Malik: 'We kunnen toch niet zomaar bij een tovenaar binnenlopen om een toverboek mee te nemen!'

'Stt.' Opnieuw spiedt de meester om zich heen.

'O, dus je durft niet?' Tom kan het niet laten om hem uit te dagen. 'Dus je bent wel een pestkop met een grote mond. Maar als je echt iets gevaarlijks moet doen, ben je te bang. Begrijp ik dat goed?'

'Helemaal niet.'

'Jij bent dus het echte papkind. Niet ik.'

'Echt niet!' Hij kijkt mees aan, maar die haalt zijn schouders op.

'Het spijt me jongen.' Martijn glimlacht vaderlijk. 'Ik moet eerlijk toegeven dat ik je meevroeg omdat je altijd graag stoer doet.'

Tom werpt een blik vol minachting naar hem. 'Als je niet durft, mag je wel thuisblijven, hoor.' (Dat hij zelf net zo bang is, laat hij natuurlijk niet zien.)

'Waarom bij Kloterik?' vraagt Malik. 'Hij is veel gevaarlijker dan Klittenkop.'

Martijn antwoordt: 'Omdat zijn recepten krachtiger zijn.'

'Hoe weet je dat?' vraagt Malik.

'Dat is een deskundig voorgevoel...'

Toveren

Na school loopt Tom met Malik mee. Naar de drogisterij waar Maliks moeder werkt. Van meester Martijn moeten ze gaan vragen of hij morgen bij Tom mag eten. Dat hoort bij het plan.

'Vind je het niet vervelend om straks naar huis te gaan?' vraagt Malik.

Tom haalt zijn schouders op. Het gaat Malik niks aan of hij het vervelend vindt. Die vindt zijn huis toch maar een probleemhuis in een probleemstraat.

Hij ziet er wel tegenop, natuurlijk. De hele nacht hebben Klittenkop en Kloterik ruzie gemaakt. Hij kon niet slapen van het kabaal. Niemand durfde te vragen of ze zachter wilden doen.

Toen hij vanmorgen naar school ging, zweefde Klittenkop op een heksenbezem boven de straat.

'Hier heb je een scheut gekookte snottebellen,' gilde ze, en leegde een emmer in Kloteriks tuin.

'Als dank schenk ik je een pan reespezen,' riep hij.

'Jij krijgt van mij spokengedrocht!'

Zo rustig mogelijk is Tom zijn huis uitgegaan en de straat uitgelopen. De beste tactiek is: net doen alsof je niet bang bent. Of je nou met pestkoppen te maken hebt of met toverkollen. Het is altijd het beste om te doen of je neus bloedt. Hij heeft hen niet aangekeken en niets gezegd. Ze waren zo druk met elkaar, dat ze niet eens merkten dat hij langsliep. Het liep dus goed af, maar prettig is het natuurlijk niet.

Malik zegt: 'Als je wilt, mag je wel even wat blijven drinken.'

Tom knikt.

'Malik!' zegt zijn moeder verrast als ze hem ziet binnenkomen. Zijn moeder is slank en vriendelijk. Op de een of andere manier had Tom niet zo'n aardige vrouw bij Malik gedacht.

'Hoi mam.'

'Dag mevrouw,' zegt Tom beleefd.

'Heb je een vriend meegenomen?'

De jongens kijken elkaar aan. Wat moeten ze nu zeggen?

Malik kucht: 'Zoiets, mam.'

'Wilden jullie gezellig even langskomen?' vraagt ze.

Ze halen hun schouders op.

'Ach,' zegt zijn moeder met een knik naar Tom. 'Jij woont zeker bij de heks?' Ze aait door Maliks haren, pakt hem bij zijn toet en zegt: 'Maak je geen zorgen, lieverd. De wijkvereniging is aan het vergaderen. Als Klittenkop en Kloterik een gevaar voor ons zijn, moeten ze weg. Daar bestaat vast een wet voor. Maar het is toch ook spannend om een heks en tovenaar te kennen?'

Malik zegt niks.

'Niet iedereen kan hetzelfde zijn,' lacht zijn

moeder. Ze slaat een arm om hem heen en kijkt naar Tom als ze zegt: 'Hij kan zo bang zijn voor dingen die hij niet kent.'

Ha, in zichzelf ligt Tom in een deuk. Die Malik is echt zélf het papkind! Maar dat laat hij niet merken. Hij zegt: 'Precies, mevrouw. Omdat ik hem zo zielig vond, en omdat hij overal zo bang voor is, wilde ik hem eens uitnodigen. De heks woont naast mij. Als hij ziet dat ze ook maar gewoon een normale vrouw is, dan blijft hij misschien niet zo'n lafbek. De kinderen in de klas lachen hem uit omdat hij zo'n bangepoeperd is. Mag hij morgen bij me eten?'

Malik kan moeilijk zeggen dat hij juist de pestkop is. Waarschijnlijk vindt zijn moeder een pestkop nog erger dan een papkind. Hij geeft Tom een kwaaie blik, maar houdt verder zijn mond.

Zijn moeder zegt: 'Wat een geluk dat er zo'n aardige jongen in je klas zit. Natuurlijk mag het.'

Tingeling. De winkelbel.

'Wat een teringzooi is het hier.' De stem klinkt als vals gestemde violen.

Malik duikt ineen. Tom draait verschrikt zijn hoofd.

Tot verbazing van de jongens lacht Maliks moeder: 'Inderdaad, mevrouw.'

De heks stampt op de toonbank af. De vloer dreunt ervan.

'Kattenpis wil ik. En hersenvocht.'

'Dat heb ik niet,' antwoordt Maliks moeder.

Klittenkop schreeuwt: 'Dan wil ik een ons teennagels en een pond rattenhaar.'

'Heb ik ook niet, het spijt me.'

Lijkt het maar zo, of begint ze bang te klinken? Tenslotte moet ze de heks teleurstellen. Niemand weet hoe die reageert als ze niet krijgt wat ze wil. Malik en Tom wisselen een gespannen blik met elkaar.

Tingeling – weer een klant.

'Ik moet paardenhoeven en haaientanden.' Een donkere stem spreekt zo kalm, dat het onheilspellend klinkt.

'Ik was eerst!' krijst Klittenkop.

'Lieve help,' fluistert Malik. 'Nu gaan ze hier verder met hun ruzie.' Hij verstopt zich onder de toonbank.

'Het spijt me, meneer, maar mevrouw heeft gelijk,' zegt zijn moeder. Haar stem klinkt bibberig,
nu is ze echt bang. Kloterik zou haar met alle
plezier in een kikker veranderen...

'Jij moet op je beurt wachten!' gilt Klittenkop.

Tom krabt onopvallend aan zijn oren. Wat een
geluid komt er uit die vrouw...

'Ik op mijn beurt wachten?'

'Ja, ik heb spullen nodig om te toveren.'

'Ik ook. Jij moet wachten, want je tovert toch
slechter dan ik.' Kloteriks bloedige ogen staren
Klittenkop verwaand aan.

Achter de toonbank zit Malik inmiddels te
zweten als een baby. (Als dit nog even duurt, zal
hij zeker flauwvallen.)

Klittenkop lijkt niet onder de indruk. Zij staart
Kloterik aan en knippert niet eens met haar
ogen. 'Jij beter toveren dan ik?' gilt ze. 'Dat zullen we weleens zien. Ik ga meteen naar huis om
me voor te bereiden!'

Ze stampvoet de drogisterij uit.

'Ga maar,' spreekt Kloterik ongeïnteresseerd. 'Ik
koop eerst nog paardenhoeven en haaientanden.'

73

Nu moet Maliks moeder zeggen dat ze dat niet heeft. Hoe zal Kloterik reageren? Zijn moeder fluistert: 'Ik verkoop alleen aspirientjes en tabletten.'

Langzaam draait Kloterik zich om en loopt de winkel uit. 'Het is behelpen, maar thuis heb ik nog wel wat spullen,' mompelt hij. Bij de deur pakt hij een zak drop, maar zet het weer terug.

Maliks moeder slaakt een diepe zucht. 'Zie je wel dat we niet te snel moeten oordelen over heksen en tovenaars. Hij deed niets.' Ze zucht hoorbaar uit, terwijl ze over haar voorhoofd wrijft.

Ze legt haar hand in Maliks nek. 'Vond je niet dat het meeviel?'

Malik springt op. 'Help, ik wil geen kikker zijn!'

Tom grinnikt zacht. 'Geen kikker, we dachten meer aan een bange kip.' Hij geeft hem een elleboogstoot. 'Krijg ik nog wat te drinken?'

Malik loopt naar het keukentje achter de toonbank.

Zijn moeder zegt: 'Je moet niet zo nerveus zijn, jongen. Klittenkop en Kloterik zijn ons toch niet tot last? Tot op heden vind ik het een prima stel.'

Een stel... denkt Tom. Een koppel. Een paar.
Een heks en een tovenaar.
Slechteriken.
Verliefd.
Geliefden.
Langzaam verschijnt een lach om zijn mond.
Misschien zou het toch wel vet zijn als ze werden
gekoppeld. Hij neemt een glas limonade van Ma-
lik aan. Hij denkt: het plan van meester Martijn
is zo slecht nog niet...

'Tot morgen dan.' Als hij naar buiten loopt,
ziet Tom dat het drop in de zak is veranderd in
een bundeltje slijmerige slakken.

Hersenpudding *

1 pakje gelatine pudding van Dr. Oetker
  (aardbei)
1 zakje rode dropveters

(*Werkbeschrijving achterin)

'Wat ben je mooi!' roept Kloterik spottend naar
de overkant. Het maakt Klittenkop razend. Wat
meester zei is waar: ze wil niet mooi zijn. Ze
vindt het een belediging.

Hij heeft haar betoverd. In het raam zit ze als
een kwijlende moeraspad boos te springen en te
kwaken.

'Ik zal je krijgen. Jij wordt een vredesduif!' kwaakt ze.

'Nee!' roept Kloterik. 'Geen vredesduif! Ik háát dat! Ik haat jóu!'

Het is te laat. In het raamkozijn wappert Kloterik woest met zijn prachtige vleugels. Klittenkop houdt haar slijmerige buik vast van het lachen.

Tom en de anderen houden zich schuil in een donkere steeg. Gespannen kijken ze elkaar aan. Meester draagt een zwarte trui en een zwarte spijkerbroek. Tom heeft een bruine jas aan en ook een zwarte broek. Op deze manier zal Kloterik hen niet snel ontdekken als ze in zijn huis zijn. Ook Malik draagt donkere kleren, net als Soof en Zoo.

'Tom en ik gaan naar Kloterik,' fluistert meester Martijn. 'Tien minuten later gaan Sofie en Zoë tegen Else zeggen dat Tom en Malik nog even buiten voetballen. Ik wil niet dat zij jullie komt zoeken.'

Tom slikt en knikt.

Martijn knikt tegen Malik. 'Jij blijft op wacht staan.'

Niemand zegt iets. Ze kunnen niets zeggen, want hun hart klopt te hard in hun keel.

'We blijven niet langer dan een kwartier binnen. Dat is het absolute maximum. Het is nu 19.00 uur. Straks gaan we. Als we om 19.20 uur niet terug zijn, bel jij, Malik, de politie.'

'Mees?' vraagt Malik.

'Wat is er?'

'Wat als Kloterik míj ontdekt en betovert? Wie belt dan de politie?'

Oeps, daar had niemand aan gedacht. Wat, als ze allemaal worden ontdekt? Behalve zijzelf weet niemand van het plan. Als Else het wist, zou ze het waarschijnlijk verbieden. Dat willen ze niet. Ze zijn té nieuwsgierig naar de liefdesdrank en de uitwerking ervan.

Else denkt dat Malik en Tom buiten voetballen. En dat Soof en Zoo wat rondhangen. Om acht uur moet iedereen thuis zijn.

Meester blijft even stil. Dan zegt hij: 'Dat gebeurt niet. Dat mag niet gebeuren. We moeten extra voorzichtig zijn. Sofie en Zoë, jullie moeten niet thuiskomen en zeggen dat de jongens

voetballen. Jullie moeten thuis wat drinken op-
halen voor vier personen. Zeg tegen Else dat jullie alle vier thuiskomen als het drinken op is.
Daarna blijven jullie op de uitkijk staan voor
Malik.' Hij is ook zenuwachtig. Zijn ogen glinsteren niet zoals gisteren, toen hij over het plan
vertelde. Nee, hij kijkt nu gespannen. Angstig
bijna. Hij wil de liefdesdrank klaar hebben
voor het wijkfeest. Want dan moet het gebeuren. Dan wil hij de twee koppelen. Overmorgen
al.

'Is iedereen klaar?' vraagt Martijn.

Ze knikken.

BAF! – klinkt plots een enorme dreun. 'Jouw
getover stelt niks voor,' lacht Kloterik. 'Kijk
maar hoe snel ik weer mezelf ben.' Klittenkop
vloekt en tovert zichzelf ook terug.

Meester Martijn wrijft zweetdruppels van zijn
voorhoofd. 'Zet je horloges gelijk. Het is nu
19.03 uur. We gaan. Om 19.20 uur bel je de politie met mijn mobiel. Niet vergeten.'

Ze knikken.

'Wens ons maar succes,' zegt de meester dan.

'Succes,' fluisteren de anderen.
'Bedankt, dat hebben we nodig,' zegt hij.
Dan gaan ze uit elkaar.

$\mathcal{D}$uur

'Voorzichtig, de struiken hebben doornen,' fluistert Martijn.

Dat weet Tom, want zijn gezicht heeft hij al geschaafd. Zijn hand gloeit nog van de brandnetel die hij vastgreep toen hij bijna zijn evenwicht verloor. Het deed verdraaid veel pijn.

Kloteriks tuin is verwilderd. Een aantal struiken heeft hij erin laten zetten vóór hij verhuisde, maar het meeste onkruid staat er omdat de tuin lang niet is gewied.

'De keukendeur,' fluistert Martijn.

Ze zijn over een muur geklommen aan de achterkant van het huis. Dat leek Martijn de beste plek om in te breken. Omdat Klittenkop en Kloterik steeds aan de voorkant uit het raam hangen. Met een ijzerdraadje frummelt hij aan het slot. De deur gaat open. 'Voorzichtig,' zegt hij als ze naar binnen stappen.

Op kousenvoeten sluipen ze door de keuken. Spinnenwebben hangen aan de muur. Onder verschillende kookpotten brandt vuur. Het vuur is het enige wat licht geeft. Er zitten brouwsels in van verschillende kleuren. Het ruikt naar smeulend rubber. De stank is hels.

'Hij kan ieder moment binnenkomen,' fluistert Martijn. 'We gaan van kast naar kast. Als hij eraan komt, springen we in een kast.'

Tom knikt.

Ze zijn bijna in de woonkamer. Kloterik is boven, in de slaapkamer. 'Je bent een gifmengende drilkikker!' horen ze hem luid roepen. Klittenkops antwoord kunnen ze niet verstaan.

In de kamer staan bijna geen meubels. Alleen een grafkist en een versleten stoel. Grote kasten langs de muur. Dat is alles. Ook hier staat een enorme hoeveelheid kooien. Maar omdat het zo donker is, kan hij niet zien welke dieren erin zitten.

KRAA! – klinkt het opeens schel. Tom duikt ineen. Een snelle gedaante scheert langs zijn hoofd.

'Wat is dat,' roept Kloterik. 'Wie is er in mijn huis?'

'Hij is bang!' gilt Klittenkop tevreden.

'Verdorie!' zegt Martijn. 'Snel, verstop je!' Hij duwt Tom in een kast en verstopt daarna zichzelf. Op de trap klinkt het gestamp van Kloterik.

Zweet staat op Toms voorhoofd. Het is pikdonker. Wat vloog er nou langs, een vleermuis? Doet die 'Kraa'? Misschien was het een kraai. Hij weet het niet. Hij staat vastgeklemd tussen allerlei spullen die hij niet kan zien. Het ruikt muf.

De deur van de kamer zwaait open. 'Wie is hier?' zegt Kloterik.

Tom houdt zijn adem in. Tegen zijn rug duwt iets hards. Hij probeert niet te denken aan wat het kan zijn. Met zijn vingers voelt hij aan een

plank. Een dikke laag stof. En iets klefs. Het is
week en koud en zacht als pudding. Wat kan het
zijn?

Kloterik stampt de keuken in. 'Wie is hier?'
schreeuwt hij opnieuw. Tom krijgt kramp in zijn

voet. Zijn knieën trillen zo hard, hij is bang dat Kloterik het kan horen. Rustig blijven. Zo rustig en stil mogelijk. Zijn hart klopt in zijn keel. Hij zoekt met zijn vingers over de plank. Hij voelt iets wat hard is als steen, maar wat een vreemde vorm heeft. Wat kan het zijn? Tussen welke gruwelijke spullen bevindt hij zich? Een straaltje zweet stroomt over zijn wang.

Dan hoort hij Kloteriks voeten weer naar boven stampen. Opgelucht haalt hij adem. Hij duwt voorzichtig de deur open. Tot die op een kier staat. Waar is mees?

'Tom?' hoort hij dan fluisteren. Martijn trekt de kastdeur verder open. Zijn voorhoofd glimt van het angstzweet. Hij slaat een arm om Tom heen en houdt hem even stevig vast. 'Gelukkig,' zegt hij zacht.

Tom kijkt hem aan. Verbaasd voelt hij tranen prikken achter zijn ogen. Waarom heeft hij nu zin om te huilen?

Meester Martijn glimlacht naar hem. 'Kijk eens.' Trots toont hij een stapel boeken. 'Loodzwaar,' zegt hij blij. 'Kom op, wegwezen hier.'

Hij pakt Tom bij de hand en helpt hem de kast uit. Maar Tom is nieuwsgierig en kijkt om. Dan slaakt hij een kreet...

Hij ziet het skelet dat aldoor tegen zijn rug prikte. Hij ziet het doodshoofd wat hard is als steen en een vreemde vorm heeft. Maar het ergste vindt hij de ontdekking van wat week en zacht was: een klompje hersenen. Hij zat in Kloteriks doodskast!

'Wie is daar!' gilt Kloterik buiten zichzelf van woede.

Toms kreet. Hij heeft hem horen gillen van afschuw! Zijn voetstappen klinken als luide dreunen op de trap.

'Ditmaal zullen ze me niet ontsnappen,' zegt hij geërgerd.

'Opschieten,' schreeuwt meester Martijn nu luid. Hij trekt Tom aan zijn hand door de keuken en duwt hem de tuin in. Tom rent zo hard hij kan.

Dan grijpt Martijn hem bij zijn middel. Hij gooit hem op de grond... midden in een brandnetel. Tom wil het uitschreeuwen van de pijn, maar meester Martijn drukt zijn hand op zijn mond.

Kloterik staat in de deuropening. 'Wat moet dat!' schreeuwt hij in de duisternis. Ze geven geen kik.

Tom voelt het hart van meester Martijn tegen zijn schouder bonken. De kaften van de boeken priemen in zijn rug. Hij voelt Martijns angstige adem tegen zijn wang.

Uit pure razernij zet Kloterik een van zijn struiken in de fik.

Het vuur knettert in de tuin. Voor hetzelfde geld had hij hún struik gekozen! Verlamd van angst verslappen Toms spieren.

Zijn hoofd duizelt.

Zijn huid tintelt.

Hij valt flauw.

Geweldig!

Hijgend komen ze in het steegje aan waar ze hebben afgesproken.

'Waar bleven jullie nou?' fluistert Sofie. 'Malik is de politie al aan het bellen!'

Zó lang zijn ze toch niet weggeweest? Of lag Tom lang in de struik toen mees hem met klappen in zijn gezicht wakker maakte?

Buiten adem zegt hij: 'Ga zeggen dat het niet hoeft.'

Sofie rent weg. Tom en zijn meester hijgen uit, met hun handen op hun knieën. Zoë klopt hen bemoedigend op de schouder. 'Is het gelukt?' vraagt ze.

Meester knikt en krijgt een hoestbui.

Tom laat Zoë de boeken zien. 'Te gek.' Ze kijkt Tom lang aan. Veel langer dan normaal. Hij wordt er ongemakkelijk van.

Meester Martijn en Tom ondersteunen elkaar als ze naar Else strompelen. Ze gaan achterom, want ze moeten er niet aan denken dat Kloterik hen ziet lopen. Als hij hen ziet, met hun pijnlijke benen en de schrammen op hun lichaam... En dan die stapel boeken onder hun arm... Hij zou direct begrijpen dat zij in zijn huis waren.

Malik en Sofie wachten hen op in de tuin. Else kijkt ongerust door het raam. Als ze hen aan ziet komen, doet ze haar schort af. 'Waren jullie bij die engerd?' vraagt ze boos. Ze wast het taart-deeg van haar handen.

Schuldbewust kijkt Malik hen aan. Hij heeft verteld waar ze waren. Martijn en Tom knikken, nog steeds buiten adem. Else houdt een washandje onder de kraan en begint Toms gezicht schoon te deppen. Om zijn pijnlijke hand doet ze een verband. Op zijn wang smeert ze zalf. Hij zit onder de pukkels van de brandnetels.

'Wat moesten jullie daar?' vraagt ze.

Martijn doet het gordijn dicht en Zoë legt de boeken op tafel. Else bladert erdoor. 'Toverboeken?' vraagt ze verbaasd.

Ze knikken.

Dan beginnen Martijns ogen weer te stralen. 'Ja,' zegt hij. En giechelt. 'Het is gelukt.' Hij pakt Tom bij de schouders. 'Het is gelukt!'

Else probeert haar boze blik vast te houden, maar het lukt niet. Ongewild begint ze mee te lachen. 'Jullie hebben toverboeken gestolen? Echte toverboeken?' Ongelovig, maar ook trots kijkt ze van Martijn naar Tom en weer terug. 'Boeken?' herhaalt ze. 'Om te toveren?' Ze kan het niet geloven.

Martijn begint te grinniken. 'Inderdaad. Toverboeken.' Hij klapt in zijn handen. 'Nu kunnen we hen koppelen. We worden beroemd!' Hij springt op en danst met Else de kamer rond.

'Wát gaan jullie doen?' vraagt Else buiten adem.

'Koppelen,' lacht Martijn. 'Klittenkop en Kloterik krijgen liefdesdrank. Het wordt geweldig!'

Gedroogde oogballen in zoete slijm*

1 pakje dadels zonder pit
1 zakje amandelen
1 pakje roomkaas
1 zakje lichte rozijnen
honing

(*Werkbeschrijving achterin)

Else schuift twee taarten in de oven. Ze is bijna klaar. Morgenochtend nog twee en dan alles naar de partytent brengen op het buurtplein. Een paar mensen van de wijkvereniging maken er een griezelplein van. Ze hebben lakens opgehangen alsof het spoken zijn. Steeds meer mensen leren

91

elkaar kennen tijdens de voorbereidingen. Iedereen heeft er zin in.

Sofie zit in een meidenblad te bladeren. Tom hangt voor de tv.

'Wat vind je eigenlijk van Zoë?' vraagt ze ineens.

'Zoo?' Tom haalt zijn schouders op. 'Net zo'n domme griet als jij.'

'Ik geloof dat ze wel van je onder de indruk was gisteren.'

'Supercool was ik.' Tom grijnst.

'Ik niet hoor, dat je het even weet.' Ze slaat de bladzijde om.

'Ik moet eens kijken of er geen toverdrank voor grote zussen in staat,' begint Tom. 'Dan kan ik je in een varken veranderen of zo.'

'Kijk jij maar uit. Voor je het weet staat er een emmer met water boven je deur.'

'Ha, jij kan mij echt niet pakken!'

'Weet je nog toen ik een brief op je rug had geplakt met: "Ik ben gek" erop?'

Tom haalt zijn schouders op. 'Toen heb ik een scheet gelaten op jouw bord vlak voordat mama het eten opschepte.'

'Niet!' Ze veert overeind. 'Iew!'

Tom lacht.

'Ik ga jou zó ernstig terugpakken,' zegt Sofie uiteindelijk.

'Lukt je toch niet.'

Hun moeder ploft bij hen op de bank. 'Zullen we vast een stukje proeven?' vraagt ze lief. Dingdong – de bel.

'Nu al?' vraagt Else.

'Te gek!' roept Tom. Hij haast zich naar de deur. 'Dag mees!'

Meester Martijn kijkt schichtig om zich heen voor hij naar binnen stapt. 'Ik heb het,' zegt hij. 'Het was een hele klus, ik ben in veertig winkels geweest. Maar het is gelukt. Ik heb alles gekocht wat er te krijgen was.'

Hij legt een bruine, papieren zak op tafel. En pakt er doosjes, flesjes en zakjes uit. 'We moeten tranen van oude opa's en oma's mengen met slijm van klierige tieners. Dan nog een paar druppels plas van een baby en een klein scheutje huidschilfers. Peper en zout is goed voor de smaak, maar niet noodzakelijk. Als basis gebruiken we groentebouillon. Laten we meteen beginnen.'

Else pakt de grote soeppan die ze alleen gebruiken bij familiefeesten. Met een beetje fantasie lijkt hij wel op de pruttelende kookpotten van Klittenkop en Kloterik. Ze doet er twee liter water in en vier bouillonblokjes.

Zodra het kookt, pakt Martijn een flesje. PLAS VAN EEN BABY, staat erop. Hij doet een druppel in de pan, en wacht terwijl mama roert.

'Er mag niets misgaan.'

Hij laat een tweede druppel vallen. Zucht. Hoewel hij bijna niets doet, staat hij stijf van de spanning. Het is uniek wat ze aan het doen zijn. Ze kunnen er beroemd mee worden.

'Dit kan rook geven.' Hij scheurt een zakje open. Huidschilfers.

BOEM! – zegt de bouillon.

Else en Tom deinzen achteruit voor de rookwolk. Martijn is blijven staan, waardoor zijn gezicht nu zwarte vegen heeft. 'Geweldig,' fluistert hij.

Van het aanrecht pakt hij een flesje. Slijm van

klierige tieners. Tom vraagt zich af waar hij dat heeft gevonden. Wie verkoopt nou zoiets.

'Blijf je goed roeren?' vraagt hij aan Else.

BOEM! – doet de bouillon opnieuw.

Daar hadden ze niet op gerekend. Zijn moeder deinst achteruit. Martijn schrikt en laat het flesje vallen. 'Nee!' roept hij. Hij duikt het flesje achterna, maar is te laat...

PATS! – klinkt het.

De slijm stroomt over de vloer. Kleverige, dikke slijm.

Meester veegt met zijn handen over de vloer, hij probeert de slijm op te rapen. 'Dit was het laatste flesje in de winkel!' Hij heeft tranen in zijn ogen. 'Wat nu? Wat moet ik doen?'

Tienerslijm

Als een kind zit Martijn te huilen op de keuken-
vloer. 'Alles is mislukt.'

Else en Tom kijken meelevend naar hem. Er is
niets wat ze kunnen doen. Toch?

'Ik weet iets,' zegt Else ineens. Ze kijkt naar
Tom. Lang. Te lang. Alsof ze er iets mee wil zeggen...

Martijn begint het plan te snappen. Hij wrijft
over zijn kin. 'Hm,' knikt hij.

'He, hoo,' zegt Tom. Hij stapt langzaam achteruit.

'Slijm van klierige tieners,' zegt Else. 'Jij bent

elf, dus een tiener. Een beetje slijm kan je wel missen.'

'Je vergeet iets,' probeert hij. 'Klierige tieners, weet je nog? Je moet bij Sofie zijn.'

Else en Martijn lachen naar elkaar. Tom laat zijn schouders hangen. Shit, ze hebben gelijk...

Mama knikt tevreden. 'Ik roep Sofie en Zoë er ook even bij.'

'En bel Malik,' vraagt Martijn.

Poeslief vraagt Else of iedereen wil komen. Ze zal strakjeswelvertellen waarvoor. Als je het Tom vraagt, is het klierige gedrag kennelijk niet zo vreemd voor zijn moeder.

'Dag jongens.' Else heeft iedereen aan de keukentafel verzameld.

'Dag mevrouw,' horen ze zichzelf antwoorden. Dat is niks voor hen, maar ja, ze zitten er ook zo officieel bij!

'We hebben een klein probleem,' zegt ze. 'Martijn heeft het flesje met slijm van klierige tieners laten vallen. Nu hopen we dat jullie een beetje willen afstaan?'

'Natuurlijk,' zegt Malik. 'Klierige tieners, dat zijn wij!'

'Het valt wel mee, hoor,' glimlacht Else.

Malik kijkt naar Tom. 'Het valt niet mee.' Hij slaat zijn ogen neer. 'En ik vind jullie huis heel mooi.'

Tom glimlacht naar hem. Het moet niet gekker worden, anders lijkt het nog alsof hij een vriend heeft gevonden! Hij zucht. Nog steeds vindt hij het een gore gedachte.

Meester slaat een arm om hem heen. Hij fluistert in zijn oor: 'Als je je leven riskeert voor toverboeken, kun je net zo goed wat slijm afstaan.'

Mama lacht naar iedereen. 'Zo'n stuk taart krijgen jullie straks.' Ze spreidt haar armen.

Om de beurt lopen ze de keuken in. Else heeft bedacht dat ze beter niet allemaal tegelijk hun slijm moeten geven. 'Bij de dokter kijk je ook niet naar binnen in de spreekkamer,' vindt ze.

Als eerste gaat Zoë – die durft. Daarna Sofie en dan Malik. Maar dan moet ook Tom er toch aan geloven.

De pan pruttelt op het vuur. De brij is groen geworden...

'Verstand op nul, dan is het zo voorbij,' zegt mees. Hij helpt hem op de kruk, zodat hij goed boven de pan staat. 'Je houdt een neusgat dicht en snuit hard. Dan het andere. Kijk uit dat het niet op je handen komt. Daarna moet je flink rochelen en in de pan de spugen. Simpel.'

Tom kokhalst als hij zijn linker neusgat leegt. Meester houdt hem bij zijn middel vast, zodat hij er niet in valt.

In rochelen is Tom nooit zo goed geweest. (Daar hoopt hij in zijn pubertijd nog flink op te oefenen.) Hij wordt misselijk bij de gedachte dat het slijm van zijn vrienden in de pan drijft. Brokjes en sliertjes...

Maar hij doet zijn best. Uit het onderste van zijn slokdarm gorgelt en rochelt hij zoveel mogelijk slijm naar boven.

'Goed zo,' zegt Martijn. Met waterige ogen kijkt Tom hem aan. Kennelijk wil hij zo graag de liefdesdrank maken, dat het hem niks kan schelen. Hij ziet er niet eens misselijk uit.

'Bijna klaar,' zegt hij. 'Roep je moeder maar.'

'Moet zij dan ook?'

Martijn lacht: 'Alleen maar om me verder te helpen, hoor.'

Tom snift en loop de keuken uit.

De kinderen staan op de drempel te kijken. Else roert, terwijl Martijn verschillende dingen in de pan gooit.

'Tranen van oude opa's,' zegt hij kalm.

De brij kleurt roze.

'Tranen van oude oma's.' Hij lijkt wel een chirurg. Die zegt ook hardop wat hij doet; welke ader wordt afgeknepen of welk mesje hij nodig heeft.

De brij kleurt rood.

'De kleur van de liefde,' zucht Martijn. Hij wrijft Else over haar rug. Aait haar haren achter haar oor. 'Je hebt fantastisch geholpen,' zegt hij.

Als het aan Tom ligt, mag hij best met haar een relatie beginnen.

Schuimende toverdrank *

7-up
koffiemelk
suiker

(* Werkbeschrijving achterin)

 Het is zover. Zenuwachtig loopt Else heen en weer. 'Zal ik als heks gaan? Of dit zwarte kleed omknopen?' Ze houdt twee kleding-stukken voor zich.
'Dat zwarte laken is niks,'

zegt Tom. 'En die heks hebben we hiernaast al. Waarom ga je niet als zombie? Kan je helemaal in het wit.'

'Voor één keer heeft Tom een goed idee, mam.' Sofie ligt languit op de bank te gamen, verkleed als vampier. 'Zo'n wit zombie-jurkje ziet er schattig uit.' Met een glimlach speelt ze verder.

'Maar dan moet je gezicht ook wit.'

'Vinden jullie?' Else gaat naar boven om zich aan te kleden.

'Dan word je tenminste niet zo rood als Martijn je kust!' roept Tom haar na. Hij krijgt van zijn zus een pets tegen zijn hoofd. (Gelukkig geen dodelijke beet in zijn nek – al is een skelet daar misschien niet zo gevoelig voor.)

Dingdong!

'Doe jij even open,' zegt Tom.

'Doe het lekker zelf.'

'Iemand moet opendoen!' roept Else vanboven.

Tom hijst zich overeind. Voor de grap zegt hij 'boe' als hij opendoet, en die rare Martijn schrikt gewoon echt, haha. Meester staat voor de deur met een grote bos bloemen in zijn hand. Tussen de pioenrozen zitten spinnen op houten stokjes. En kleine pompoentjes. Het is een passend griezelboeket.

Verbaasd kijkt Tom hem aan. Wat doet hij ineens verlegen, hij kan toch gewoon binnenkomen?

'Ik moet me nog omkleden,' zegt Else met een rood hoofd boven aan de trap. 'Wacht je even?'

Martijn knikt schuchter.

Wat is dat toch met die twee! Gisteren staan ze als een getrouwd stel liefdesdrank te brouwen, maar amper vierentwintig uur later doen ze alsof ze elkaar niet kennen. Hij weet nu toch wel hoe leuk Else hem vindt?

'Mag ik?' vraagt hij terwijl hij naar de bank wijst.

Geërgerd draait Tom met zijn ogen. 'Dat hoef je toch niet te vragen?'

'Bedankt,' zegt hij.

'Waar heb je het?' vraagt Tom.

Martijn opent zijn jas en laat een flesje vol rode liefdesdrank zien. Hij glundert.

Een band speelt swingende muziek en op straat praten mensen gezellig met elkaar. Zoë is gekomen als zwarte kat. Ze draagt een zwarte jurk met een staart eraan. En een haarband met poezenoortjes. Het staat haar leuk.

Het geruzie van Kloterik en Klittenkop overstemt alles, maar iedereen doet alsof er niets aan de hand is.

'Ik zal je krijgen!' gilt Klittenkop – en hop, Kloterik draagt een roze jurk...

'Doet me niks!' En hop, Klittenkop heeft een varkenskop...

Tot op heden is nog niemand anders het slachtoffer geworden van hun toverkunsten. Iedereen is al minder bang dan een paar dagen geleden. Zelfs Malik. Hij is gekomen als Graaf Malik – en speelt met Sofie dat zij zijn dodelijke bruid is.

Mensen praten en sommige dansen zelfs. Else's appeltaarten staan in een tent. Nog niemand heeft een stukje gegeten. Alle rocheldrap en wortelkots heeft de mensen niet bepaald hongerig gemaakt.

'Zoë, Malik. Stukje taart?' vraagt Tom. 'U ook, meester?'

'Prima,' antwoordt Martijn. Hij weet nog niet wat hem te wachten staat. De vorige keer had hij het zo druk met de buren, dat hij vergat een hap te nemen.

Ze lopen de tent in waar zijn moeder achter de taarten staat. 'Niemand heeft er nog naar gekeken,' zegt ze teleurgesteld.

Ze ziet er prachtig uit. Haar gezicht is wit, maar haar lippen zijn rood. Het witte jurkje zwiert om haar heupen. In haar haren heeft ze een prachtige witte haarband. Ze lijkt een echte prinses – een dode prinses, natuurlijk.

'Doe mij maar zo'n stuk.' Tom spreidt zijn armen.

Zijn moeder geeft hen allemaal een schoteltje. Terwijl hij eindelijk eet, werpt Tom een blik op Martijn.

Een beetje afwezig neemt meester de eerste hap. Hij kauwt. Zijn ogen worden groot. Zijn mond krult. 'Lékker,' zegt hij. Else knikt verlegen.

Hij neemt een tweede hap. Zijn wangen worden rood. Zijn neus glimt.

Na de derde hap begint hij kreetjes te slaken.

Hij maakt een sprongetje. Dan schuift hij in één keer het hele stuk taart naar binnen. Met volle mond roept hij: 'Verrukkelijk!' Hij neemt een aanloop en maakt een radslag. Midden op de dansvloer. Iedereen kijkt naar hem. 'Fantastisch!' roept hij. 'Heerlijk!'

'Wat heeft hij?' vragen sommigen.

'Ik weet het niet,' zegt iemand.

'Hij kwam uit de tent,' zegt een ander.

'Waar de appeltaart staat,' vult iemand aan.

De wijkbewoners drommen op Else af.

En... actie

Tevreden ziet Else iedereen naar haar toe komen. 'Er is genoeg,' zegt ze. De kinderen helpen met het uitdelen van de stukken.

'Super!' roepen de mensen. En: 'Smúllen!'

Het feest komt pas goed op gang nu iedereen Else's appeltaart eet. De taart die tintelt in je maag. De lekkerste van de wereld. Op straat lachen de wijkbewoners. Sommigen dansen op tafels. Anderen klappen in hun handen. Klittenkop en Kloterik horen ze niet meer. Het enthousiasme van de straat klinkt harder dan hun geruzie.

Als Tom naar boven kijkt, ziet hij dat de heks en de tovenaar verbaasd omlaag staren. Al die tijd leken ze niet te weten dat er ook andere mensen waren behalve zij. Maar nu kijken ze iedereen met grote ogen aan.

'Wat moet dat!' gilt Klittenkop met haar snerpende stem.

Plots is iedereen stil. Moeders trekken hun kinderen tegen zich aan. Geliefden grijpen elkaars hand. Het is Martijn die antwoordt. 'We eten de smerigste taart die je kunt bedenken. Wilt u een stukje proberen?'

'Wat een walgelijk idee.' Ze haast zich naar beneden.

'En u?' vraagt Martijn aan Kloterik.

'Natuurlijk.' Ook hij verdwijnt uit het raamkozijn.

Het zweet staat op Martijns voorhoofd. 'Actie,' hijgt hij tegen Tom. 'Vlug, sprenkel de drank over twee stukken taart.' Met trillende handen geeft hij Tom het flesje. Hij pakt een schrijfblok en een pen uit zijn jas.

Tom schroeft de dop ervan af en giet een flinke

scheut over het gebak. Hij knoeit veel door zijn bibberende vingers. Zijn hart bonkt in zijn keel. Terwijl hij nog naar adem hapt, staan ze al voor hem.

'Ik wil eerst,' zegt Kloterik zo dreigend kalm. Zijn bloedrode ogen kijken koud naar Tom.

'Nietes. Ik ga eerst!' gilt Klittenkop.

Bijna laat Tom het flesje uit zijn handen vallen. Hij stopt het maar gauw in zijn zak.

De buurtbewoners staan voor de ingang van

de tent te dringen. Iedereen wil weten wat er aan de hand is, maar niemand durft binnen te komen. Malik glipt onder het tentzeil door naar buiten. Soof en Zoo zitten stilletjes in een hoek.

'Gatverdamme!' schreeuwt Klittenkop in zijn gezicht. Speeksel spat tegen zijn wangen. Ze graait nog een stuk taart van tafel en propt het in één keer in haar mond.

'Ik wilde eerst zijn!' zegt Kloterik kinderachtig. In een poging de taart toch als eerste door te slikken, propt ook hij het stuk naar binnen.

Tom zucht. Meester Martijn knipoogt stiekem naar hem. Hij heeft zijn vingers gekruist.

Teennagels

Klittenkop krijgt een hoestbui. 'Wat is dat hemels,' zucht ze, maar ze kan het niet meer uitspugen. Tom is verbaasd. Toen hij haar vorige keer een stuk bracht, vond ze het lekker. Geeft de liefdesdrank zo'n andere smaak?

'Bedankt dat je me dit gaf,' kermt ze.

Kloterik valt haar bij. 'Dit zet ik je betaald.'

Het bloed trekt uit Toms gezicht. Zijn benen voelen als vliegenvangers. Bij de ingang van de partytent vluchten sommigen weg. Anderen willen juist beter kunnen zien.

Klittenkop en Kloterik hoesten en kuchen. 'Bah, wat vies!' roept Kloterik.

'Zalig,' spuugt Klittenkop. Ze vindt het vreselijk.

Vragend kijkt Tom naar de meester. Die haalt zijn schouders op. Van verbazing vergeet hij op te schrijven wat er gebeurt.

Klittenkop zakt door haar knieën. Kloterik valt op de grond. Ze trappelen met hun voeten. Slaan in het wilde weg met hun armen, en draaien met hun ogen. Met open mond staat Tom te kijken.

Dan kreunt Kloterik en valt stil. Klittenkop slaakt een kreet en houdt dan ook ineens haar mond.

Meester Martijn loopt een paar stappen dichterbij. Hij kijkt hen onderzoekend aan.

Plotseling opent Kloterik zijn ogen. Meester Martijn deinst geschrokken achteruit.

'O,' kermt Kloterik. 'Mijn arme hoofd, wat is er gebeurd?'

Martijn pakt Else's hand. Else slaat een arm om Tom heen. Gespannen wachten ze af.

Klittenkop brengt haar hand naar haar hoofd en zucht: 'Wat moet dat?'

Kloterik kijkt haar aan. Zijn ogen worden

groot, zijn gezicht wordt rood. Hij stamelt: 'Je bent... zo mooi.'

Klittenkop wordt rood.

'Je bent als een witte lelie op een warme zomeravond. Je haren glanzen als gouden lokken in de lentewind.' Het kan hem niet schelen dat iedereen staat mee te kijken.

'Jij,' gaat hij verder, 'bent schoon als versgewassen lakens op een hemelbed. Als sterren aan een donkere hemel.'

Tom kijkt naar het flesje in zijn hand. Wonderlijk... Zou het echt zo vies zijn? Hij kijkt om zich heen. Zal hij... ?

Else knipoogt lief naar hem. Nee, hij probeert de toverdrank niet. Hij stopt het terug in zijn zak. Hij ziet hoe Kloterik zijn lippen tuit om Klittenkop een kus te geven.

Maar dan veert zij overeind. Met zo'n brute kracht, dat iedereen schrikt. 'Hoe dúrf je me te beledigen!' gilt ze.

'Duifje,' probeert Kloterik.

Klittenkop geeft hem een rake klap in zijn gezicht.

'Liefste, waarom...'

Klittenkop schopt zelfs tegen zijn been en dendert de tent uit. De mensen wijken gauw uiteen zodat zij er snel doorheen kan.

Even voelt Tom medelijden met Kloterik. Hij keek zo oprecht uit zijn ogen en wordt nu zo bruut afgewezen...

Klittenkop hangt alweer uit haar raam. Ze roept: 'Weet je, ik heb nog steeds geen goede wortelkots van je gezien!'

Het is alsof ze daarmee de betovering doorbreekt. Kloterik schudt zijn hoofd. Zijn rode ogen lichten op. 'Wát beweert ze?' Hij staat op en stampvoet de tent uit.

'Alsof jij zo lekker teennagels bakt,' moppert hij.

'En of!' schreeuwt Klittenkop. 'Ik zal je wat laten zien!'

Kloterik gaat zijn huis in en smijt zijn deur zo hard dicht, dat de grond er even van trilt.

Behalve het gescheld van Klittenkop en Kloterik is het muisstil in de straat. De meesten gaan naar huis.

'Dat was me wat,' zegt meester Martijn. Beroemd worden kan hij nu wel vergeten.

'Kennelijk werkt de toverdrank maar even,' zegt Else.

'Hoe kan dat?' vraagt Tom.

Meester Martijn haalt zijn schouders op. 'Zodra ik het weet, vertel ik het je.'

Er is niet veel meer te doen. De muziek is gestopt en de taarten zijn op. Er hangen nog wat slingers en er is genoeg te drinken, maar dat is alles. Het feest moest eigenlijk in volle gang zijn, maar niemand durft nog te dansen. De liefdesdrank hebben ze voor niks gemaakt.

Of misschien... kan Tom er toch iets mee! 'Soof, Zoo, Malik!' roept hij. 'Kom eens!' Zijn hersenen werken op volle kracht. Hij heeft een perfect plan!

'Zoë helpt de tafels van Else op te ruimen,' zegt Sofie. 'Maar Graaf Malik en zijn duistere bruid zijn tot je dienst.'

'De liefdesdrank!' fluistert Tom. 'We doen een beetje in twee cola's en die geven we aan Martijn en Else. Ze doen al zo lang verlegen tegen elkaar.

Vinden jullie ook dat we ze maar eens een handje moeten helpen?'

'Vet!' lacht Malik.

'Ik vind het goed,' knikt Soof.

'Ik doe wat in de cola. Maar jullie moeten het geven. Anders herinneren ze zich misschien dat ik het flesje nog heb. Dan willen ze het niet drinken.'

Lacherig schuifelen ze naar de dranktafel. Er staan veel glazen op die al gevuld zijn, zodat de gasten niet zelf hoeven in te schenken. Het vampierenechtpaar gaat voor hem staan en vlug giet Tom er wat druppels in.

'Klaar.' Hij geeft ze de glazen. Dan draait hij zich 'onschuldig' om en fluit een vrolijk deuntje.

Heksenliefde

'Het is gelukt,' giechelen Sofie en Malik als ze terugkomen.

'En?' vraagt Tom.

'Weten we niet.' Malik grijnst. 'We zijn snel weggegaan.'

'Ik heb eigenlijk ook dorst,' zegt Sofie.

'Ik ook,' knikt Malik.

Ze lachen allebei. Tom wordt er vrolijk van. 'Nou, ik lust er ook wel een,' zegt hij.

'Alsjeblieft,' zegt Soof.

'Tom, ik heb het!' Meester Martijn komt aangerend. Tom is meteen één en al aandacht. Hij klokt zijn cola naar binnen. 'Als Klittenkop het een belediging vindt als ze een compliment krijgt, dan is het toch een compliment als ze wordt beledigd?' vraagt Martijn.

'Dat wisten we toch al?'

'Denk eens verder in die richting...'

'Tja,' zegt Tom – maar dan valt het kwartje. 'O, je bedoelt...'

'Luister goed,' zegt meester Martijn.

'Je bent het lelijkste monster dat ik ooit heb gezien,' roept Kloterik.

'Jouw adem stinkt naar rotte eieren!' gilt Klittenkop.

Meesters ogen glimmen. 'Begrijp je? Zij vindt het fijn om zo te schelden.'

'En om zulke dingen te horen,' vult Tom aan. 'Ze is vast nog nooit zo gelukkig geweest.'

'Kloterik zegt lieve dingen als hij verliefd is. Maar Klittenkop niet, zij wil alleen scheldwoorden,' zegt Martijn. 'Dat vindt zij lief.'

'Ik snap er niets van,' onderbreekt Sofie hen.

'Hoeft ook niet,' vindt de meester. 'Noem het: Heksenliefde.' Martijn maakt zijn puzzel af:

'Kloterik houdt ervan om mensen te sarren. Klittenkop is het perfecte slachtoffer. Al zijn gemene plannen kan hij op haar uitvoeren. Zolang Klittenkop hier woont, hoeven wij niet bang te zijn voor Kloterik. Hij heeft zijn handen vol aan haar!'

'Maar weet hij dan niet dat ze het fijn vindt?' vraagt Sofie.

'Misschien doet hij het wel expres,' knikt Malik.

'Dat zou kunnen,' zegt Martijn. 'Eerlijk gezegd begrijp ik nog steeds niet waarom de betovering zo bruut werd verbroken. Eigenlijk zouden we moeten onderzoeken of...'

'Nee!' gillen de kinderen tegelijk.

Martijn schiet in de lach. 'Jullie hebben gelijk. Ik zal me er niet meer mee bemoeien. Het is perfect zo.'

'En u, mees? Hoe voelt ú zich?' vraagt Tom.

'Ik?' Hij haalt diep adem en verzucht: 'Ik ben verliefd.'

'Op Else?' vraagt Tom overbodig.

'Vind je het erg?' vraagt hij.

'Natuurlijk niet!' roept Tom. 'Waarom denkt u dat ik jullie liefdesdrank heb laten bezorgen!' Hij klap in zijn handen – dát had hij niet gedacht!

'Liefdesdrank?' zegt Martijn verbaasd. 'Ik heb vanavond nog niks gedronken.'

Tom kijkt naar Malik en Sofie. 'Jullie zouden toch...'

'Het spijt me, Tommie.' Sofie hikt van de lach.

'Ze wáren al verliefd,' giechelt Malik.

Verbaasd kijkt Tom hen aan. 'Aan wie hebben jullie dan...' Plots voelt hij tintels op mijn tong. En bubbels in zijn buik. Zijn hart fladdert als een vlinder door zijn lijf. 'Héérlijk...' is alles wat hij kan uitbrengen.

Hij vleit zich op de grond en tekent op de stoep een groot hart met zijn vingers. Opeens is daar Zoë.

'Alles is klaar,' zegt ze. Haar stem klinkt zoet als honing.

Wat is ze mooi vanavond. Haar lokken glinsteren in het maanlicht. Haar poezenlach is de mooiste die Tom ooit heeft gezien.

'Tom,' zegt ze. 'Je was zo heldhaftig vanavond.'

Tom pakt haar hand en speelt met haar vingers. 'Wat ben je mooi,' zegt hij.

'Jij ook,' giebelt ze.

In de verte hoort hij Sofie en Malik lachen. Het is ze gelukt. Eindelijk hebben ze hem te pakken. Maar het kan hem niet schelen. Hij is blij dat hij hier zit met het mooiste, liefste, prachtigste meisje van de wereld...

Vier jouw eigen Griezelfeest

Recepten

Else's geheim

Wat heb je nodig?

4 zure Elstar appels
2 pakjes slagroom

2 pakjes roomkaas of mascarpone
2 zakjes vanillesuiker
6 eetlepels gewone suiker
1 pak lange vingers
potje kaneelpoeder
een beker appelsap
1/2 liter vanillevla

Een appeltaart maken zonder oven? Met een beetje magie gaat het lukken!

Eerst klop je de slagroom met de vanillesuiker en gewone suiker stijf.
Dan roer je de pakjes roomkaas of mascarpone door de slagroom.
De lange vingers dompel je snel (anders worden ze te vochtig) in de appelsap.
In een rechte schaal maak je nu een bodem van lange vingers.
Over de bodem komt een laagje van het slagroommengsel.
Daaroverheen een laagje appel, die kun je het beste raspen.

Dan een laagje vanillevla, met wat kaneelpoeder.
Je kunt deze laagjes net zo vaak herhalen tot-
dat de schaal vol is, maar eindig met een laagje
vla.
Als je klaar bent, zet je de schaal in de ijskast tot-
dat hij stevig genoeg is om mooie stukjes van te
snijden.
Tip: Als je de schaal bedekt met bakpapier kun
je de taart makkelijk uit de schaal tillen.

Liefdesdrank

Wat heb je nodig?

een mooi flesje met dop
2 takjes verse munt
6 blaadjes basilicum
4 blaadjes van een rode roos
een beetje honing

Van de munt maak je thee, dat doe je door er
kokend water overheen te gooien – dit kun je

beter samen met een volwassen persoon doen! Als het theewater met de munt is afgekoeld stuur je iedereen weg. Geen pottenkijkers bij jouw liefdesdrank.

Je schenkt het theewater in jouw flesje en het is belangrijk om aan liefde te denken als je dit doet.

Dan kunnen de basilicum en rozenblaadjes in het flesje terwijl je zachtjes de naam noemt van jouw geliefde.

Met een beetje honing bij het mengsel ben je zeker van een zoete liefde.

Sluit het flesje goed af en leg het onder je kussen, als je droomt van je geliefde is het tijd om zelf te kussen...

Snottebellen

Wat heb je nodig?

1 rijpe avocado
1 bosui of rode ui

1 tomaat

1 eetlepel citroensap (zo wordt de avocado niet bruin)

1 teentje knoflook (helaas geen echte teen maar een gedeelte van de knoflook)

1 theelepel sambal

een staafmixer is handig...

Schil de avocado en snij hem in de lengte door-midden. Binnenin zie je de pit, die moet eruit!

Om te huilen, niet leuk maar het moet gebeuren: pel de ui en snij deze in zo klein mogelijke stuk-jes.

Als je tranen gedroogd zijn doe je hetzelfde met de tomaat.

Het teentje van de knoflook ook fijnsnijden.

(Let goed op met snijden, een griezelrecept is leuk maar het moet niet te bloederig wor-den!)

Alle fijngesneden groentes doe je samen met het citroensap en de sambal in een kom, dan ga je er met de staafmixer doorheen tot het een groe-ne drap wordt.

Deze snottebellen zijn heel lekker om tortilla-chips in te dippen.
Als je geen staafmixer hebt kun je het ook met een vork fijnprakken.

Wortelkots

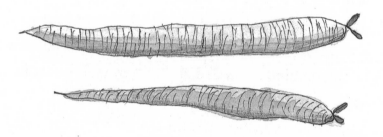

Wat heb je nodig?

1 pakje cottagecheese
2 wortels
1 theelepel citroensap
peper en zout

Rasp de wortels en roer ze door de cottagecheese.
Met het citroensap en de peper en zout maak je
de kots op smaak.
Lekker ranzig op een toastje...

Hersenpudding

Wat heb je nodig?

- 1 pakje gelatinepudding van Dr. Oetker (aardbei)
- 1 zakje rode dropveters

Maak de gelatinepudding zoals op het pakje be-
schreven staat.
De rode veters leg je in de pudding en je laat de
pudding opstijven in de ijskast.
De rode veters worden dikker door het vocht
van de pudding en als je dit in een doorzichtige
kom serveert zul je zien dat iedereen gelooft dat
je een hersenpudding hebt gemaakt.
Smerig eten!

Gedroogde oogballen in zoete slijm

Wat heb je nodig?

  1 pakje dadels zonder pit
  1 zakje amandelen
  1 pakje roomkaas
  1 zakje lichte rozijnen
  honing

Als je dadels zonder pit gebruikt zul je een opening zien in de dadel.
De dadel vul je met de roomkaas, daarop leg je een amandel.
Op de amandel moet een rozijn die blijft plakken met een drupje honing.

Als je alle dadels klaar hebt leg je ze op een schaal en schenk je er honing over.
Tovenaars en heksen houden van vieze vingers maar misschien moet je er voor gewone mensen cocktailprikkers bij doen.

Schuimende toverdrank

Wat heb je nodig?

7-up
koffiemelk
suiker

Je doet een laagje koffiemelk in een doorzichtig glas en roert er 2 theelepels suiker door.

Als je er nu de 7-up op schenkt en roert zul je zien dat de toverdrank gaat schuimen.

Moddercake

Wat heb je nodig?

6 eetlepels cacao
4 eetlepels chocopasta
1 pak biscuit
500 gram margarine
1 zakje vanillesuiker
250 gram witte fijne suiker

De biscuitjes doe je in een schone theedoek, zo kun je ze verkruimelen zonder dat je moeder je een kookverbod geeft.
De margarine laat je smelten in een pannetje op en heel laag vuurtje.
De moddercake wordt het mooiste in een cakeblik waar je bakpapier in legt. (Als je een echte heks op de thee krijgt, kun je hem beter in een rare schaal doen.)

Als de boter gesmolten is roer je de chocopasta, de suiker en de cacao door de boter
heen.
Nu alleen de koekkruimels door het chocolade-
mengsel mengen en je kunt het mengsel in het
cakeblik doen.
Na een nachtje in de ijskast kun je de cake uit het
blik halen en er plakken van snijden.

Een spinnenkop van drop

Wat heb je nodig?

zwarte dropsleutels
dropveters
gekleurde dropstaafjes

In de opening van de dropsleutel passen precies
2 dropstaafjes, zo lijkt het net een spinnenkop
met oogjes.
De dropveters worden de poten. (Hoeveel poten
heeft een spin eigenlijk?)

Knoop de veters om het lange gedeelte van de sleutel en je hebt een eersteklas griezel!

Dankwoord

Mijn speciale dank gaat uit naar Wendie de Roos van lunchroom Central Park in Apeldoorn. Alle recepten uit *Betoverend* heeft zij speciaal voor dit boek bedacht – gruwelijk bedankt!

Nanda Roep